梦里家山

陈子铭 著

中国华侨出版社
北京

图书在版编目（CIP）数据

梦里家山 / 陈子铭著 .—北京：中国华侨出版社，
2022.12
ISBN 978-7-5113-8739-4

Ⅰ.①梦… Ⅱ.①陈… Ⅲ.①散文集—中国—当代
Ⅳ.① I267

中国版本图书馆 CIP 数据核字（2021）第 263260 号

梦里家山

著　　者：陈子铭
责任编辑：姜薇薇
经　　销：新华书店
开　　本：670 毫米 × 960 毫米　1/16 开　印张：15.25　字数：248 千字
印　　刷：河北省三河市天润建兴印务有限公司
版　　次：2022 年 12 月第 1 版
印　　次：2024 年 5 月第 2 次印刷
书　　号：ISBN 978-7-5113-8739-4
定　　价：58.00 元

中国华侨出版社　北京市朝阳区西坝河东里 77 号楼底商 5 号　邮编：100028
发 行 部：（010）64443051　　传　　真：（010）64439708
网　　址：www.oveaschin.com　　E-mail：oveaschin@sina.com

如果发现印装质量问题影响阅读，请与印刷厂联系调换。

慢慢等一封信

互联网时代，谁还有心情慢慢等一封信？

在机场候机，要一杯茶，看两页书，刷几个视频，你的慢慢有多慢？

平面化的世界，一瞬间的距离，解构了我们的生活。许多事情可以一蹴而就，你连囫囵吞枣都来不及，故事已经直奔下一个主题。

纸的时代的温润，是由时间细细熬成的。万里传书，挑灯夜读，那些走过万水千山的信，沾着电子邮件没有的泪光，留着各种各样的手指摩挲过的温度，尘世的气息、人间的烟火、深深浅浅的幸福、薄雾一样的哀愁，弥漫在纸里。

信差来敲门的声音多么令人期待啊，你知道他们背上的邮囊曾经走过多远？愉快的寒暄，疲倦的笑脸，那人放下信，讨口水喝，又走向下家。

信封打开前，你永远不知道信里说的是什么，有时，不过是一张寄物清单，一件衬衫，两双拖鞋，南洋的咖啡冲法。惊喜是必须有的，噩耗也会来，常报的是身体"粗安"。对远方的家人，知道"粗安"就是好消息，你的期待不能太高。

你一封封打开那些发黄的南洋家信，你看到从前的那个世界，众生芸芸，熙熙攘攘，那么多开心不开心的人事，风一吹，飘蓬四起，径自去做那瀛洲海客，直把客地过成家乡的样子。你听到他们的声音，带着浓重的家乡调调，好像从老式的留声机里发出来的，又亲切又温暖。你听他们说话时，日光明晃晃地照着，花明晃晃地开着，一切都像从前的样子。那些从家书里走出来的人，只有他们知道，无论走得多远，其实他们不算孤单，凡间总有他们惦着的和惦着他们的人。而他们所知道的那个世界，纷纷扰扰，和我们今天的并没什么两样。

你读到的每一封信其实都是别离，十年夫妻九年空，一生夫妻三年半，商人的世界，散发着淡淡的悲伤。一生夫妻，却不能相濡以沫；走到白头，却老死不相见。有一种婚姻原来是用来对望的。母亲在悲喜交集处等儿子，等来一个，就要送走一个，因为客地的生理（意）没人照料。儿子心心念念有一天能承欢双亲膝下，但其实往往没有这一天。哥哥和弟弟为生理争执不休，可他们还是一生一世的兄弟。父亲在信里教导儿子，温言软语，可他对于儿子，不过是挂在墙上的那张照片、如约而至的汇款单。儿子小时，父亲不在身边；儿子长大了，母亲不在身边。叔叔和侄子彼此牵挂，可他们从相知到相见，中间隔了整整半个世纪。那个别父母抛妻儿的人，一次次在信里说着对不起，可是，如果还有别的选择，他一定要这样吗？

花开时节相约在故国相逢，可是故国已经在战火里。战争是可怕的灾难，许多相亲相爱的人，熬不到战争结束的那天，家人们甚至看不到他们凌冬凋零的样子。如果他们看到，一定更加悲伤。活着的人在信里焦急地探听消息，然后，风一样消失，等待的人已经等到绝望，他们又出现了，只是物是人非，一切还会回到从前吗？

你知道他们见一次面有多难？不是如今天我等可以来一次说走就走的旅行，乘飞机去给女友过生日，坐高铁去赴故旧酒席。不回家的理由很无语：母亲，今年生理惨淡，待儿子好势，立即回家。贤妻，年底银根太紧，来年就回。有时，说着说着，再也没有回信。那些没回信的，也许一辈子再也不会回信了。留下父亲、母亲、妻子在家乡痴痴等着。幸运的，耐不住贫穷，躲了起来，柳暗花明的一天，突然又出现了。不幸的，扛不住疫病，就此撒手，一了百了。

你知道等人一辈子是什么滋味吗？年复一年，她已习惯了等待，如果她一开始就知道，等一个人有多难，她会一直等下去吗？你生命里的每一个人，都不会是无缘无故出现的人，有人说，这是因果，知道这是因果，你就坦然了吗？

　　可是，依然有那么多的人在路上，不是出发，就是回家，无论朝哪个方向，回头都是天涯。许多人留在客地，一辈子留在那里，带着他们的孩子，孩子的孩子。更多的人留在故园，遥看、怀想。在信里，我们一次次看到他们在讨论回唐山，然后，一次次爽约。爽约的理由很多，从将发生的战争到刚失去的头路。

　　他们那么渴望成功，成功了就可以回家，许多人在等着他们。所以，在做孩子的时候，他们就对自己说，要努力。年轻时，有力气，失败了有什么，明天太阳照样升起。做了大叔，没有富贵的迹象，没关系，还可以逆袭。时间已经过去了，幸运迟迟没有降临，身体不堪重负，任务依然在肩，看不到希望，却不肯放弃，那时真到了落花流水的季节。

　　生而为凡人，他们要做的事情很多，背负家庭、父兄、妻儿的希望，终其一生，要忍受许多人所不能忍。有些人潦潦草草，你远远看着，无法挽其于哀伤；许多人风风光光，你也远远看着，因为他们的时代已经过去。

　　他们有远方，但不一定是诗；有梦想，却脚踩硬地。他们梦想有衣锦还乡的那一天，有的人梦想成真，有的人再也等不到那一天了。

　　他很努力，可是妻子悲伤地说，家里穷得只剩橱柜了。

　　他要实现自己的人生，过程很艰辛，好不容易有点起色，曾经苦恋的妻子要离他而去，他又痛苦又伤心，以为那是人世间最大的不幸，可是，这个世界上有很多和他一样的人啊！

　　他终于拥有想要的财富，可以好好侍奉母亲了，可母亲却去了，他把母亲的坟墓做得又高大又壮丽。

　　他觉得时光应当圆润，情感一定浓烈，到时候，不过是蹉跎了人生、苍老了少年。

　　他看到了许多美好，美好的爱情，美好的亲情，美好的婚姻，美好的友情……

　　你看到那对少年夫妻，在信里卿卿我我，叽叽喳喳，像两只爱恋中的小鸟，没完没了地说情话。那是颜色发黄的20世纪30年代啊，多么像今天，他要她做天下最幸福的娘子。

　　你看见那对叔侄，一辈子只能等到老来相见，但故乡龙眼干的甜味，早已经填满了心怀，那是等待半个世纪的味道啊。

你看到那个生活在马尼拉的大学生，夏季，他就要毕业了，满心欢喜，和故乡的妹妹说他的梦想，说他的爱人，生活那么辛苦，可他没觉得啊。

他的努力几乎没有声音，他真是平凡到不能再平凡，可是，他的辛苦，家人知道。

家书，好像是一颗颗的时间胶囊，被各种各样的主人深埋在地里，等到哪一天重新出现，里头不知有过多少他人所不知道的过去。

而我最想了解的是，那个每个月坚持往家里写信寄钱的人后来怎么样了。

他们生活在百十年前，但我们总能从中看到自己的痕迹，即便互联网改变了这个世界，而我们已经习惯了飞来飞去，可是，我们总能看到在今天职场里的他们、那个时候的我们。恩恩怨怨少不了，生活的烦恼多了去，他们是烟熏火燎的凡人啊。夜里挑灯，我们看到他们在不太遥远的过去谈论房子、银子、孩子，多么像今天在为生活奔波的人。

有许多人成功了，那里有无数励志的故事，听完他们的故事，你知道，那都是他们应得的。今天你我，有谁愿意，花一辈子的时间，忍受别离的痛苦，去闯那样的世界？

今天，你置身于眼花缭乱的空港，听广播一遍一遍地播报航班起飞和降落的时间，看到偌大的候机大厅，人流如织，你是否感到时光正在倒流？那些穿着百十年前的衣服的人，正在出发、回航，川流不息。他们写过、读过的信，像漫天飞雪，扬起又落在他们走过的漫漫长路上。

如果放在今天，唐山和客地这两个词一定要上热搜。唐山，那是他们出发的地方，也是他们的归处。远行是人生必须做的一件事，回唐山也是。一些年后，他们开枝散叶、前途似锦，客地，他们仍然这样称呼他们生活的地方。其实，他们在那里几乎待了一辈子。

事业有成后，他们愿意唐山把房子起得又大又漂亮，其实他们中的许多人一辈子都没能住上几夜。有一种念想，一定要靠结实的大宅和厚重的洋灰才能表达出来吗？

家山缥缈，常在梦中，你以为在和诗人说话，其实他是商人。祖国在梦里，祖国的雨水多吗？在信里，他们常常这样问。

别以为他的世界全是琐事，他的梦想全是浮云，他的一生要清零时，你发现，他做了那么多。

别以为他们不过在信里寄上不过区区数元、数十元，在那个时代，无数的家庭，就这样靠他们活下来。家乡的学校，常常是他们建的，宗祠、家庙、道路、桥梁，有他们的份。战争来临时，他们为国家武装了一支支军队。他们是几百万人的那一群啊！

你也许只看到那么多凡人的人生，他们身上背上是一个家国。

你也许只看到那么多家庭琐碎，那里头全是乡愁。

在他们的时代，要慢慢等一封信。

在你我的时代，要慢慢弄明白，信里信外，说了些什么。

附带说明：正文中涉及一些地名，由于携带历史信息和情感，沿用了信中的旧称，如叻、吡唠坡，指的是新加坡。岷、垊，指的是马尼拉。马来亚指的是1957年8月31日独立前马来半岛十一个州，广义的马来亚包括泰南三府。马来西亚指的是1963年9月16日马来亚联合邦成员与新加坡、砂捞越和砂巴成立的马来西亚联邦。1965年新加坡成为独立国家。

目　录

七辑：暮 春

引

从前的歌，从前的人

听听从前的歌，聊聊从前的人。

他们在不太久远的过去，我们可以听见他们说话的声音，看见他们苦恼或快乐的微笑，人在天涯，那么多的故事，那么多的叹息，人世间，没有什么事是容易的。但是，唯有阅尽江海，方知人间值得。

天福宫后墙的那首歌

那首从前的歌，苍老而荒凉，春夜无边，让你听得泪流满面。

> 天地生人一样心，因何贫富则分明。
> 人间出有几样景，大家听我说言因。
>
> 无钱说实无人信，有钱说虚句句真。
> 唔信且看筵中酒，杯杯先敬有钱人。
>
> 其余世事说袂尽，且说今年过番边。
> 在咱唐山真无空，即着相招过番邦。
> ……
>
> ——《过番歌》

那歌的开头，后来被写在新加坡天福宫的后墙上，天福宫的后墙在厦门路上，人们为那首歌，配了一整墙的画，画外，车水马龙，玻璃幕墙贴满了天空，永春会馆掩在绿荫里。

一个人的一生在歌里一闪而过，画风变幻，时光明灭。

那一年，他告别双亲，和乡邻相约，去新加坡趁（赚）钱。许多人在海边送行，母亲背着孩子，妻子拉着丈夫，有人依依，有人凄凄。帆已经升起，船夫在催。双亲红着眼睛，一遍一遍叮咛。

他满心苦涩，不愿说出来，只想快点出发，唐山太难，欠那么多，赚那么少，躲着人，没脸面，不如去打拼。知道双亲不愿他外出，千山万水，钱好赚又如何，哪比得上，粗茶淡饭，早晚在身边。思想起，他满眼悲愁。

他身形单薄，留着长辫，背有点弯，那么年轻，如果在今天，他还在学校里。他登上帆船，小小行囊，几件衣衫，羞羞涩涩，告别故乡的样子，令人难忘。

十几天后，他出现在那头海湾。海湾漂着许多帆船，船上挤满和他一样的人。他是皇帝的子民，家在唐山，人在海外。海边街市，不一样的房子，喧声扑面，街上熙熙攘攘，新世界在他眼前打开了。

他在厦门街客栈落脚，客栈小小的，房间小小的，挤着唐山来的人，黯淡的光线，浓重的汗味，贩夫走卒，就是他们的开始。他找到会馆，有乡亲在里头迎他，他们会给他吃喝，帮他找头路，让他度过最初的时光。

他努力干活，头顶烈日，冒着大雨，肩扛手提，太阳落入大海，他要吃饭了。吃饱了不饿，就可以睡觉了。睡得着觉，明天就有力气了。双亲不在身边的日子，慢慢的，一节跟着一节，像歌的调调。娘妈保佑，无病无灾，也该欢喜。

三月二十三，妈祖生，他跟大家游神。人们从庙里抬出娘妈，举着凉伞，举着香，敲起锣鼓，放起炮仗，长长的队伍，看不到尾巴。他看到队伍里走着黑皮肤的番人，看到女孩坐在轿上，穿着古代的衣衫，又好看又可爱。

他结婚了，妻子是同乡。他们有了孩子，他告诉唐山的双亲。孩子们上学了，穿着好看的制服。孩子们毕业了，戴上学士帽。孩子们结婚了，穿着笔挺的西装，携着漂亮的新娘，新娘穿着漂亮的婚纱，他们要把最美好的时光，留在照片里。新人有一个盛大的婚礼，邀请所有的亲友，他的双亲不在婚礼上，他们在唐山，他们在山上。

他弯着腰，牵着孩子的孩子，他们来到海边，当年他登岸的地方，海边泊满了游艇，楼变得好高。

他不甘、无悔，其实已然修成正果。

他想起当年的那首歌，想起红肿着眼睛的双亲，故乡的海岸，送行的人。

"其余世事说袂尽，且说今年过番边"……

以后，他听许多人唱过，用不同的方言，福建的、潮汕的、广府的、海南的、客家的……那时候，他们浪迹天涯，心情枯干，世事难料。

他又一次想到当年他登岸时的样子，他是唐山来的少年，二十一二岁，拖着长长的辫子，怯生生，懵懵懂懂，新世界的空气让他的肺紧张。

人们带他去天福宫，那是"唐人"登岸后一定要去的地方。天福宫在直落亚逸街，那是番人的叫法，有点拗口。皇帝给他海外的子民写的牌匾挂在墙上，叫"波靖南溟"，他看不懂，意思是知道的。他在那里燃香，小声祷告，香烟轻轻撩着他的鼻腔，他看到娘妈温润的眼神。

他向娘妈求了一根签，签说，吉。

叶春发的《番房的批》

写着一张搁一张的批，
不敢说出半句心酸的话。
阮治番房亲像断线的风吹（筝），
故乡的往事是阮解闷的话题。
想着家中年老的娘白娘礼，
思念的目屎好比大水淹满溪。
目周雾雾望着天顶的月，
你甘有从阮兜的厝尾经过。

秋来九港风一阵一阵块吹，
不知厝前的芦柑转红也袜。
想着当初树脚和她说着细声话，
阮的脸肉烧甲袜输哈着火。
隔山隔海万里插席（翅）嘛难飞，
咱只有夜夜梦中来相会。
心爱的你讲花帕嫁妆已款齐，
盼着阮为你头上插一蕊茉莉花。

那个长泰的农夫、水果店的老板，不知什么，触动了他，《番房的批》，成了父母的思念、恋人的情话。

不卖水果时，他写从前的故事，世间的事，他要慢慢地说。

那个叫长泰的地方，许多年前，出去了许多人，那个人是他们中间的一个。

我们都想知道，他后来怎么样了。

白发的爹娘，不在了吧？他的眼泪，真的像门口的水，在春天里，满满流了一溪吗？

从前的恋人，如果还在，也老了吧？他们隔着千山万水，他娶了她了吗？

秋风起了，厝前的柑橘红了，树脚说悄悄话的那个人，回家了吗？他真的为她取下花帕，为她插上白色的茉莉？

中原人听起来像鸟语的闽南话，有走在远路的荒凉，他在夜晚，独自一个人敲着竹板吟唱，月光把家乡的田地明得白亮。

你要记得那个叫郭有品的"水客"

据说有一百万人经过厦门港去了南洋，这样的数字真是令人吃惊。这么多人流着眼泪思念唐山，于是，有了"水客"这一行当。

"水客"们坐上帆船，把异乡人的托付带回家，又把家里人的念想带到南洋。

菲律宾吕宋的许多人都知道"水客"郭有品，都说年少的他守诺如金，他的家在九龙江口的流传村，从那里可以很快到达厦门和泉州的安海，那地方的人们喜欢到吕宋淘金，淘到了金就急忙往家里寄。

他很小就没了父亲，母亲一点一点把他带大。十七岁时他去了吕宋，他想他会在乡人们中找到金。

乡下出来的他勤快有礼，和许多人交心，那些人也愿意托他事情。他知道这是生意。于是，他每年要南渡几回北归几回，每回都要提前一家家收好信和银，不知道他那么瘦的身体怎么背得动那么多人的嘱托，长长的发辫想来总是沾着风尘。

他古道热肠，出来时总有人跟着他，到了对岸，他会想法子为他们找头路，找落脚，帮他们度过最难熬的时光。他们来时往往身无分文啊，连船票都是东拼西凑借来的，没有人照应着，一切会很难。

他害怕突如其来的热带风暴，如果船翻了而他活着，他要赔得倾家荡产。他的一生遇到过这样的事，这样的事的确不堪却也为他赢得好的声望。人们把血汗交给了他，他把命交给了帆船。你知道，他的那些故事，都写着异乡人和唐山。

他的生意水涨船高，有了许多伙计给他帮忙。光绪六年（1880年），他办了漳州第一家批郊，在吕宋收银信，通过汇丰银行和客邮兑寄回唐山。

他的批郊叫"天一"，许多医馆药店也叫这个名字，医馆医病，批郊医心。一封封侨批，就是一粒粒心药，医那异乡人的思乡病。

那时候，大清国还没有国家邮局啊。

光绪十六年（1890年）的时候，厦门有了海关，他看到了机会。在自己的老家流传村设立天一总局，在吕宋、厦门和泉州的安海，设它的分局。他买了两艘小火轮，开通了总局到厦门、厦门到安海的邮路。

那些望眼欲穿的人，远远看到小火轮的黑烟，就知道，南洋的消息来了。从吕宋到厦门，要走十几工（天），再分头辗转，又是几工，等银等到灶冷的人家，那几天会很心焦。路上也不太平，谁也不想发生什么，坏了那一季的心情。

天一批局的业务上升得很快。又有了宿务、怡朗、三宝颜分局，大清邮局营业时，又设了香港、安南分局。在那些福建人生活的地方，乡音是传递信心的媒介，会把松散的关系一遍遍坚固起来。

他知道思念是他们的病，应该团聚的日子，就是病得最重的时候。春节的水仙、端午的粽子、中秋的月亮、冬至的汤圆，都撩得人们归心似箭。这个时候，他让天一局的信差们送上暖心的问候，自然，也把思念的话和节礼汇兑揽了下来。许多人是不识字的，这些信差们就成了代书。代书的时候，他们就知道，世间有许多人和他们一样不易。

他让人在天一批局的信封上，工工整整地印上"本局分批现交银议，配资分毫无取，叫大银无甲小银，若有被取或甲小银，祈为注明批皮，或函示本局，愿加倍返还贵家，决不食言"，那是他的承诺，闽南话的表达，十分接地气。他承诺把信平平安安地送到，把银分毫不差地送到，他收佣金，很公平，不取小费，也地道。对于目不识丁的人来说，信使的诚实很重要。他们中的许多人已经好多年不回家，没有可以托事的人，甚至连送达后他们的银子是不是缩水都不知道。银信出发时，两头各执一联，届时核销，也安全。

南洋的钱并不是那么好赚，许多人发现那么努力也是白搭。他们打拼了那么多年，还是找不到可以落脚的地方，郭有品会让他们店前收寄，唐山的信来了，他就挂出牌子，召唤大家，把家人的消息领走。

《厦门海关十年报告（1892—1901年）》说，进入厦门的外轮一千六百八十六只，帆船一百八十一只，厦门海关共收取邮件十万八千五百七十件，汇票九万三千四百四十二美元，一半是天一批局投递的。那时，每个分局每月都有数万银圆的汇额。有那么多的信进进出出，你就知道亲情有多重要；有那么多的银圆源源流入，你就知道想家的人有多少。

1907年，郭有品在盛年时染病去世，他的儿子郭行钟继承他的事业，巅峰时期，天一批局在东南亚八个国家设了二十四个分局，在国内有九个分局。每年侨汇额上千万银圆，将近闽南地区侨汇的三分之二。那时，有多少家庭在等着天一批局的信差，算一算，你都吓一跳。

链接：天福宫是新加坡福建会馆的前身，供奉妈祖。英文名字 Thian Hock Keng，在直落亚逸街，直落亚逸是"海湾"的意思。很多年前，叫顺源街。人们在那里聚会、议事，华人社会发生的许多事，与她有关。

庙宇建的那一年，是1840年。大清帝国和西洋人在广州打了一场战争，因为鸦片和白银贸易。此后，国运日愈不堪。

唐人在新加坡依然风生水起，创造财富与荣耀、故事与传奇。

人们从唐山运来了材料，用唐山风，建这庙宇，供奉唐山神。财富与心情让神庙华丽，人们以此求妈祖保佑，让他们的航船在海上畅行无阻。

年轻的皇帝为他的海外子民写了那块匾，还让他的领事送到宫里。写完不久，就去世了。帝国名义上交给一个三岁的孩子，很快也坍塌了。

"波靖南溟"一直挂在那里，看世间事起起落落，转眼一百多年。

新加坡开埠时，北归南渡的福建人，要到宫内拜祀妈祖，海不扬波，是人们的心愿。他们的帆船，就泊在宫前不远处。

天一批局成立于光绪六年（1880年），于1928年停业，是中国历史上规模最大、经营时间最长、分布最广的民间批局，在中国邮政史、金融史上留下了浓墨重彩的一笔。在闽南、潮汕等地，曾经有无数这样的民间批局，连接数百万海外华人与唐山，那是一张由批和银织成的网络，述说着生命与情感，温暖如春，源源不息。

一辑：黄开物的家国、人生与乡愁

一、一个叫黄开物的人

一百年前，一个叫黄开物的人，生活在一个叫岷的地方。欧洲人叫它马尼拉，曾经统治了它三百多年。那个地方离黄开物的老家锦宅三四百海里。如果乘木帆船，顺着风，要走七个昼夜。

几百年来，生活在九龙江口的人出洋，做生理，来来去去，人多开通，随波逐流。锦宅是出过大人物的，比如南洋富商，比如小刀会首领。

黄开物身边生活着一群和他有关的人。他的妻子叫林选治，大多时间留在锦宅，靠他寄来的银圆过体面的生活。他有两个儿子，一个叫崇睿，一个叫崇纯，还有若干个女儿，与母亲生活在村里。

他是个有能力的商人，1900年前后，跟阿兄去岷，他们在那儿开恒美布庄，有不错的生理。

他的声望跟着他家的财富一起增长，他是个严谨的人，有令人尊敬的好品性。思想开通，也能写一手不错的文字，家人以他为荣。

他们过着大家庭式的生活，八个兄弟，轮番看家和在岷，在岷的，要担起一家的费用。

他是个爱家的人，四十几年间，数百封往来书信，漂亮的毛笔字，透露着他的教养，那里有他的人生、事业和乡愁。

二、忧伤的歌怕是唱不起来的

在信里，他常称他的妻子为"林氏贤内助"，自称"愚夫"。信的开头，往往说，"伉俪之情锦文勿念"，结尾常常叮嘱"玉体自爱"，现在读起来十分体贴。

黄开物的妻子则通过外祖父代笔，两人的情分，潜伏在老派的文字里，忧伤的离歌，怕是唱不起来的，就像粉墨登场的爱情，总是隔着隔着，半生光阴，也就过了。

（一）

黄开物与妻子的那一次离别，是1907年1月7日，旧历丙午年十一月二十三日，冬至才过，空气中似乎浮着汤圆的甜香。那时，闽南人喜欢在冬至后开始计算行期。大约是为了把家乡的暖意留在心里吧。

那天晚上，天寒，风大，厨房的炉膛的火兴许还温着。黄开物从离村子不远的厦门港出发了。厦门港在五口通商前，已经是国际商埠，在最近两个世纪里，有大致两百万中国人从这里出发，坐船去世界各地谋生。黄开物是其中的一个。他的未来，不算显赫，但可圈可点。

　　二十四日，船到汕头，二十五日，船到香港。等待船期时，想必顺带游览了这座国际港市。在半个世纪以前，被一纸条约割让给英国人，这地方做了自由贸易港后风生水起，世界各地的冒险家纷至沓来，带来城市的殖民风格。十二月初三，搭船出海。初五下午二点，抵岷。现在是美国人的地盘。

　　马尼拉以炽热的日光和突如其来的热带风暴迎接来客。有时，让人衣锦还乡，有时，让人魂留异域。

　　从大航海时代开始，马尼拉就是著名的国际港市、全球货物集散地。一条从九龙江航向马尼拉的航线，是全球航线的重要节点。带着黄开物的祖先参加南洋的开发。福建人在这里有强固的根基，非常完善的乡族组织和会党。人们相互攀缘，出大商人，也出革命者和革命资助人。

　　马尼拉每天都有各国商船泊岸和离开。商人和水手吵吵嚷嚷，酒

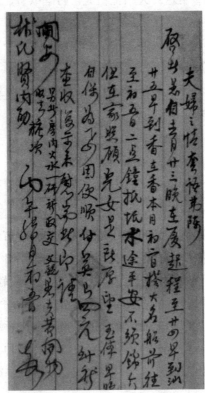

馆充斥着异乡人。日头让人身上泛出油光，并且产生将挣来的钱挥霍一空的欲望。而华人，在忙完一天后，大致会留在自己的家里，哪怕是个不透风的小屋，小心计算，等待回家。

从西班牙人统治时代开始，他们就是城市的建设者，他们是商人、工匠、农夫、建筑工、经理人……坚忍顽强地生活在城市的各个角落。来时，常常就一个包裹，几件换洗的衣衫，然后，父带子，兄携弟，乡亲带乡亲，像一场接力。黄开物兄弟的恒美布庄，在洲仔尾，一个典型的闽南地名，大约数百家布店集结成市，店主多是华人。

行李安顿，想来已是晚上，空房，孤灯，与妻书，寥寥数语，聊报平安。随附四个银圆。

这好像是黄开物异邦生活的头一件事。

至于离愁这种病，好像从上岸那一天起就得了。这不是黄开物的第一次离家，也不是唯一的一次离家。十二月，也称腊月，新旧交替，人们在冬至这一天祭祀祖先，吟唱歌赞，称冬祭，与清明节的春祭一样重要。闽南谚语云："冬至过，加一岁。"这个月另一个重要节日是腊八，喝了腊八粥，除夕也快到了。这个除夕，黄开物的妻儿大约是有些寂寞的。

这一年，黄开物三十岁，男人三十而立，出洋，远行，此后数年，家事绵绵一纸中。

（二）

转眼到了1909年，元旦，现在叫春节。从老家来了一个叫兆坤的朋友，他带来了妻子的话：什么时候回家？

妻子的话一定让不能回家的人心里软软的。

此时，家乡的水仙花开得正盛，厨房的大灶一定飘着甜粿的暖香。昨夜，黄家兄弟围炉宴饮的酒意还在，睡梦中也许还见到了家乡的妻儿。然后在初一的早晨，穿上新衣、祭神、拜年。酬神活动自然十分盛大，出门在外，求财与平安。戏钱，乡族和宗族管事的，自会找人派发，和家乡那边一样。正月十二，黄开物给妻子寄去了一封信，告诉她没有归期。

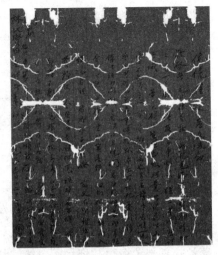

对望眼欲穿的妻子，他只说，生理甚败，家，就不回了。但我对你的心，是你所知道的，我不是薄幸之人，希望你不要为此伤了身体，让挂念你的我生了后顾之忧。哪一天生理好势了就是我的归期。

读那一百年前的家书，想那一千年前的诗歌，君问归期未有期。只是，故事发生的地点，不是夜雨绵绵的巴蜀，而是椰风蕉雨的南洋。不是萧萧索索的冷秋，而是一年到头没有边的夏日。风吹雨打，想来成不了婉约的诗句，薄薄家书，倒是沉甸甸的，那里驻扎着一个年轻男人的家庭。

想那一百年前的商人夫妻，他们总是隔着茫茫大海问，你什么时候回家啊？你什么时候来南洋啊？家，有放不下的老小；垠，有抛不开的生理。

这种情形，现在看来磨叽，当日真是平常。

这个有点文人气的商人，如果可以不做上天给选的职业，他会像一只多情的鸟儿，绕着爱人的床头歌唱吗？

（三）

1913年，黄开物回家了。距离上一次出门，时间已经过了四年。

7月13日，马尼拉的朋友告诉他，已经为他寄来他托付购买的东西，包括，三瓶香水，半申亚麻布白衬衫，一申白色手巾，两箱诶描戈，不知道是什么东西，想必是舶来品，香纸没货，以后再寄。

那封信，只告诉他这么多，没有其他。

那张物品清单，好像暗示，那是一次浪漫之旅。说来，分别那么久，这次重逢，两情相悦才是。

这一年，黄开物夫妇大约三十出头，是一个玉兰花开的美好年纪。

（四）

1914年，黄开物三十六岁。

林选治独守空房，大约有些许哀怨。三月十二日，清明。天气乍暖还寒，让人心情软软的。黄开物发了一封信，安抚妻子。我们好像看到那对夫妇在信里轻轻拌嘴，又和好如初。妻子幽幽地说，你总说要带我到那个城市和你一起生活，却又总是爽约，莫不是你在用虚情假意敷衍我，好让自己在那里与番婆作乐啊？

丈夫轻轻责备说，这是哪里话啊，明明我每次让你来，你总是推三阻四的。

丈夫轻轻握住女人的心，认真地表白：自我娶你入门，从未有非分之想，所以作客岷江十余载，全无涉及花柳，这是所有人都知道的，我心光明如日月。在岷，我只是过客，锦宅才是家。

女人的幽怨，变成絮絮叨叨的诉说。她告诉丈夫，从小爱她的外祖父已经年迈，母舅想着在今年做一个寿诞。而母亲已经谢世，这个

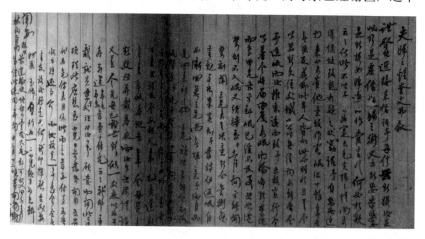

清明，墓头上的新草，让人难过地流下眼泪，想到在世的祖父，情分可贵，所以，她想在这个寿诞，献上新衣，还有寿龟和寿金，聊尽心意，只是要为此花去十个银圆。

丈夫说，那是应该的。

他一如既往地叮嘱妻子爱惜身体，照料好两个孩子。春天里，万物生发，正是孩子长身体的时候，不可以疏忽了。女人的小脚，还是抓紧放了好。随信寄去十四个银圆。

那寿诞，想来做得十分体面。女人举止得体，孩子表现也很乖巧，娘家人都赞美，显示这个丈夫不在家的女人的小确幸。

同许多乡邻一样，这对夫妇，正当盛年，男人挣钱，女人持家，聚少离多。女人有些心性，都是离愁惹的。男人好语，到底外面偌大一个世界。只是这些，常常是隔空传话。家道，会越来越好，大好的春光，终是负了。

从20世纪初到20世纪40年代，黄开物几次回家，在家的日子长长，有时一住就是两年。和妻儿生活的时光一定很快乐吧？半生客居，锦宅是家，坭，只是枕边的梦。

黄开物在信里的话题，通常是妻子的身体、孩子和生理。

他们的日子，仿佛成了没有止境的询问，回吗？来吗？

如果有一天，他们不需要这样彼此询问了，他们是否会觉得生活一下子少了念想？

许多年以后，林选治终于去了马尼拉。那些年，他们彼此思念，彼此习惯，最终长相厮守，体面老去。

这是他们的一生一世。

三、生活的烦恼在信里说说

不回家的理由有很多种，生理甚败是最"硬核"的话题。

1907年7月9日，离家半年的黄开物在家书中说，凡事皆假于人手，利润跑到别人的口袋，钱又借不到，日夜辛劳，到头来两手空空，一声叹息，言外，就不提了。

1908年1月9日，情况还是这样。

1909年2月2日，信里传达的还是这个意思。

信里说了，节俭点，别铺张。

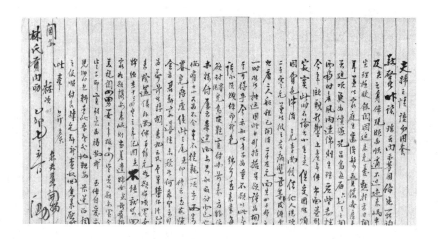

气候影响生理，六七月，雨季，客人不怎么上门，枯坐在店里，风声雨声，屋檐水滴滴答答的，屋里真静得要命。

生理艰难时，欠款也多了起来，账面交叠，不让人省心。算盘拨得啪啪响，让人心慌。

跑人家店里要账，脸上笑成一朵花，别人给个愁眉苦脸，也很无奈。1914年10月14日，说生理甚败，忧伤百结。

有时，一年家书，都在说这样的事情。

归途有时是畏途，因为有许多礼数。都是亲朋邻里啊，不在家时，互相惦记着。黄开物想家时，也许会说，我一分钟也不想待了。但是，想想，也只是想想而已。梦里说不定会回到锦宅，漂亮的大厝，温婉的人，笑出声来，醒来，枕边湿了一片，看窗外，天也亮了。

家里的银信是不会断的，给家里的东西，也很体贴，皮鞋、布匹、雪文（肥皂）、雨伞、番饼、药品……燕窝和西洋参常寄回家，燕窝是当地土产，西洋参来自花旗国（美国），与花旗商人交易，要用现金，在闽南，它的功效被认为超过传统的人参。那些东西，有好闻的南洋味，让锦宅的生活，有念想，这是多么令人开心的事啊。

这个商人，比谁都懂得钱和家庭。他没有显赫的家世，所幸生活在海边，知道对面的世界很大，值得用生命冒险，现实不允许他稍稍懈怠，因为，这里潜伏着稍纵即逝的机会和无处不在的风险。

节俭是一种美德，生存焦虑好像是为这种美德生的。人心深深浅浅，需求短短长长，习惯一种美德，也是美德。

黄开物好像很努力在压缩感性的空间，去为生活留点余地，比如夫妻的欢愉，比如物质的愉悦。他盯着用度，让妻子节俭，不要承担不必要的义务，别为佛事花钱，别与无聊少妇往来。那都是坊间女人喜欢的，闲来无事，找些事，打发时光而已。信，浮着严肃的表情，文字，语重心长。

闽南人泛海贸易上千年，财富上向来洒脱，但有盈利，鲜衣宝马，粉饰光阴，接济乏族，造福乡里，并不小气。当日长途贩运，虽说搏命，到底数倍利润，唾手可得。到黄开物时，马尼拉已经强手如云，利润，消化在流通环节，华人倒是风生水起，但人多了，空间小了，新客日子不易了。梦还是有的，不然，谁肯放着家小，在那头劳碌。

家里的事，真是一言难尽。各房开支，亲友礼数，都是要的。

家里的期待，也是一种力量，让他们在那边继续卜去，累了，到海边，吹吹风，看看云，想想海那边的好多人。

有时，也想敞开自己，好好聊聊。

这样行吗？

十几年过去了，恒美的生理越做越好，信里的银圆，最初不过几个，以后几十个，到后来，要用汇票了。生理甚败一直在信里说说，节俭用度也常在嘴边提提。以后，孩子们都长大了，接了家业，话题自然传到他们身上，好像成了家庭传统。

四、做了今生的亲人

（一）

父亲仙逝了。

端午才过，厦门端汇来电，时间是1909年蒲月初七。

蒲月，就是五月，夏季中间，阴阳交替，疫病流行，又叫毒月。人们悬菖蒲艾叶，喝雄黄酒，裹粽，讲白娘子，把对自然巨变的忧惧，过成一个全民的节日。

年迈的父亲，终于没能走过这个坎儿。我们不知道，那个在信里出现的父亲，是个什么样的人。他有令人尊敬的模糊的面目，生了八个儿子，看着他们出生，看着他们长大出门，看着他们出息，一定又骄傲又担心吧。

哀伤，撕心裂肺。黄开物的心奔回锦宅。但是，在坻的兄弟商议，只由三哥回去奔丧。那是个生理衰败的时节，兄弟们要勉力维持危局，家，是回不去了。想到父亲在日，不能孝养于堂前。死后，又不能哭送于窀穸，人子之罪，罪莫大焉。

锦宅会有一个隆重的葬礼，闽南的八音吹出像苏格兰风笛一样的曲调，显示人们的不舍与悲伤。亲友们都来了，大家像参加一场盛大的集会。他们应邀而来送逝者最后一程。感念他的好，为他的离去伤心落泪。体面的葬礼，因为出息的儿子，他们叹息逝者的福气，他们献上礼金和挽幛，照例，丧家会有饮食款待，又说些感激的话。

七天后，也就是十四日，丧事告一段落。据说，逝者这才知道自己已经离开人世，他的灵魂要回家看望子孙。人们又一次悲伤、哭泣，用诵经、焚烧纸钱寄托哀思。过了这一天，人们脱去孝衣，穿上常服，一切如常。

孩子们开始适应没有父亲的日子，其实，他们好多年前，就已经做父亲了。只是这回，他们的来处，空了。

夜深了，黄开物忍不住给妻子写了封信，说到父子情深，而今已矣，又想到这几年家里连遭变故，不由涕泗滂沱。

自此年年，五月粽香，便是家祭。

父母在时，家是家；父母不在了，兄弟在，家，还是家。恒美把他们连在一起。

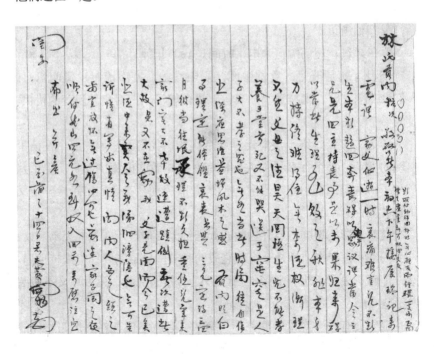

（二）

父亲才走不久。三哥病了。

想到三哥，黄开物心里一定隐隐作痛。

他们是一生一世的亲兄弟啊！

1909年10月18日，农历九月初五，黄开物给妻子的信里发了点牢骚。他的妻子在上一封信里希望他将生理交给别人，好让自己早点回家。

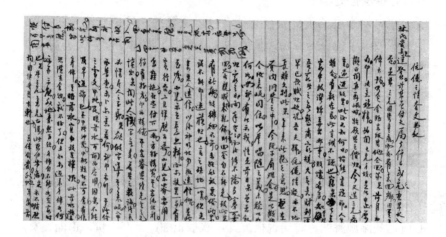

生理是大家的，夫妻的情分是自己的。这道理，都懂。

他说，恒美的生理，自从三哥掌管以来，欠人的被欠的，几年下来，账面叠加，已经有不可收拾的迹象。这摊子，他不收拾，谁来收拾？

尽管兄弟间有些芥蒂，到底，他们是命定的一家人。

1915年6月7日，农历四月二十五日。初夏。三哥染病，久治不愈，他想家了。只是，回家的路好长。病弱的身体，扛不住长途颠簸。于是，侄子崇坂被派去随行。此前，家那边的七哥突然去世了，原先，他想正月里来马尼拉，然后和黄开物一起还乡的，真是世事多变。

对于三哥，黄开物心里挺复杂的。三哥染病时，他没有去看望，其实心里挺在意的。这几年，兄弟成见日深，三哥有些看不上黄开物，伤了他的心。但是现在，兄弟一别，不知什么时候才能再见面。而人生，禁得起几次离合？他叮嘱妻子，三哥到家后病情如何，一定要告诉他，好让他放心。

在锦宅老家的时候，他们一定有过相亲相爱的日子吧。做生理以后，兄弟俩关系不如从前了。好像谁也没有主动想去修复这层关系。他们骄傲地对峙着，长了角似的。但是，家，是根；家里的生理，虽然困难重重，却是在做大的。这是大家都愿意看到的。

是不是有一天，意识到死亡，或者长别离，大家才会看到当下。

在给妻子的信里，三哥还是三哥，没有因为意见相左而改变什么，连称呼也没有变。

三哥对家庭的责任心没有什么可以质疑的，只是在黄开物看来，他有些放纵了自己的意愿，他的判断显然出了纰漏，恒美欠了别人许多钱，也被别人欠了许多钱。这都是黄开物要负责收拾的。

兄弟的积怨，我们愿意把它看成性格使然。三哥回家是否意味着一场较劲暂告一段落，好让时间和距离，帮他们重拾兄弟相亲相爱的美好时光呢？

是不是有一天，他们终将发现，做今生的兄弟是一件多么幸运的事？

1915年，对黄开物来说是特别郁闷的一年。8月11日，信里说，银关困迫。家庭开支浩繁，各房都来信催着用款。那段时间，经济不景气，心情也是湿漉漉的。时局也很混乱，欧战正酣，土产无价，市面寂寞，大小生理无一不难。此时，恒美布庄货物滞销，三哥在时，借了人家两千元未还，生病开销，加上回唐山时船票，合计四千元，等着支付。财务日见拮据，即使脸上作笑，心里其实闷得慌。只盼望这种日子快点过去。

在马尼拉的黄开物要把这一切承担下来，回家的三哥看起来应该松了口气吧。

我们不确定，黄开物八个兄弟，几个生活在马尼拉，几个生活在锦宅。那个大家庭，一脚踩在大陆，一脚踩在群岛，中间隔了一个偌大的太平洋。

他们的生活似乎是这样，各房独立生活，定期给长辈请安，按月领取生活费用。逢节日，一家人相聚、宴饮。在垠的男人挣钱，在锦宅的打理家事。他们让家庭体面，祠堂升着香烟，门前不长杂草。

他们的生活也显示出有人在外的好处，生病看西医，认为迷信和谎言一样可耻。按照传统，女人应该待在深深的院子里，让妻女暴露在陌生人面前好像是野蛮行为。但闽南家庭，大致开通，与人交往，没什么可厚非的。小脚是要放的，这样可以给女人更大的行动自由。

他们在垠打理生理，中间会回去，像度一个长假。假期，有时两年，有时更长。黄开物一次回家时，是大清，再回垠，家里已经是民国了。他们中的某人走时，交出生理连同住的房间。回来时，一切如旧。兄弟之间保持一种默契。

黄开物的哥哥开錤、开冰，在信里保持一种模糊而平和的面貌，言语简洁明了，仿佛天大的事儿，全在他们手里轻轻流过。崇字辈的子侄们，接了父辈的生理，有出息了，言语亦恭顺，处世亦妥帖。

并不是他们的人伦完美无缺，他们比谁都懂得钱与家庭的关系。他们的家庭不会是漂亮的瓷器，只能摆在书房，做主人优雅的标记。他们得经得起颠簸，受得住人间烟火。为了这种牢固的关系，他们愿意经受常人未能经受的，比如父子两隔，夫妻长离，兄弟纷争。但是，似乎没有迹象表明，有谁曾质疑这种关系的合理性。

因为，他们是今生的一家人。

五、朋友们都去做革命党，他也去了

　　朋友们都去做革命党，他也去了。

　　像许多人一样，黄开物曾经希望帝国早点好起来，后来，他知道，帝国已经病入膏肓，就不那么想了。最后，大厦将倾，他们合力推了一把。

　　辛亥年，他在锦宅，本来，是回家休息的，恰好赶上国家大事。

　　这一年10月10日，武昌起事。

　　马尼拉华社一片沸腾。12日、13日，也就是两天后，华社开始演戏、

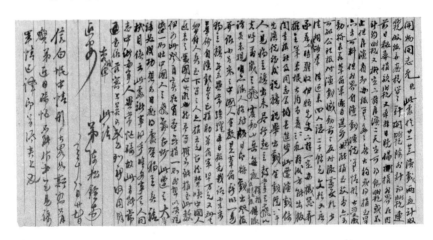

筹款，为前方的将士。戏演了两夜，筹了三千五百元，预计再往下演，可筹一万。随南方革命形势发展，最终结果可能数万。

"开物同志兄照"，黄开物在马尼拉的同志在10月18日给他发了封信，尽管大半中国仍然挂着大清国的龙旗，战火未燃到福建，陈松铨按捺不住兴奋，竟然不再隐藏自己同盟会成员身份。他激动地向黄开物描述当日情形：一二千人黑压压一片，先有人上台演说，然后举行祝旗仪式。祝毕，再出戏。人们一见独立旗出来，都起立，鼓掌，高呼万岁，地动山摇。那两夜，《琛报》《克毛报》《田禾报》派出记者采访。他们一定被革命气势感动了。报道说：整个小吕宋都是革命者。

革命形势迅猛发展，10月26日，起事第十六日。陈松铨又来信，提到《循环报》云："福建各界已经宣布独立，与旗兵交战，已经占领省城。广东将军凤山，在25日赴省城履新时，刚登岸，即被炸弹炸死，卫队死伤四五十人。当晚，香港各大报馆尽派传单，说广东省城大绅，都倡议独立。一时人心浮动。此时，湖北汉口战事正烈，各省闻风独立。如果两江再落入革命军手中，清政府便无立足之地了。"那是多么振奋人心的一件事啊。

在双方交战正酣时，陈松铨和黄开物讨论了当地出现的新剧，仿佛要与即将建立的新国家相呼应，陈松铨觉得新剧一定能提振社会精神，促进文明进步，让变化一日千丈。

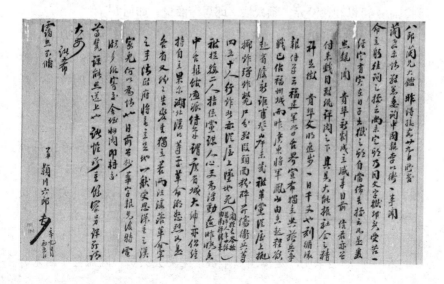

一个万众期待的全新国家，在新剧的音乐声中登场。

11月9日，黄开物的另一个同志吴记球来信，称，接到最好的消息，大局已定。这给饱受战争之苦的中国人，带来了无限欣慰。他们把它当成人生中的一件大事。这样的日子，真应该纵酒高歌啊！或许，他们以为，新的国家建设就要开始了。

吴记球是南安商人，辛亥年在马尼拉创立涌泉布庄。他是同盟会吕宋分会会员、革命的资助者。1919年，倡办菲律宾益智学校。1927年，革命党驻马尼拉总支成立时，任总理。在政商两界，都是人物。

这时候，大清国的情报机构大致已经停止运转。几年前，他们还在伦敦绑架了孙文。现在，再也没有人关心这些事。"谋反者"在往来信件中说了些什么？他们想做什么？已经无暇顾及。他们在信里毫无顾忌地讨论，每一个话题都是死罪，这就是大厦将倾时的混乱吧。

"内地的漳厦同志亦应通知，使其备办战品。现军虽胜利，然亦当知防。稍有不顺，方可举事相应。"陈松铨在10月18日来信结尾叮嘱道。

"最重要的一件事，厦门情况如何，请来信告知。前日寄了数封信回去，里头有给颜太恨和厦门机关各位同志的，想必已经代投，老兄这次参与厦门的事情吗？现在已经有几位同志准备回厦门，此前，也早有人在厦门活动。一切情形应当详细。漳州一带最近情况如何？如果还没人筹划起事，宗明、金芳、嘉声等人愿意马上回去办理。信收到以后，可以和黄澄元、颜太恨、邱思潮商量。如何？"

那时，漳州的革命党已经集结，很快，知府陈嘉言急流勇退，龙旗落地，并没有发生流血。两地近在咫尺，消息想是通的，当日，革命党的组织十分松散。但是，大厦将倾，人心尽失，末日的帝国，真是不堪。

11月18日，林书晏给黄开物又去了一封信。

信中提到的颜太恨，是漳州籍安南（越南）华侨，1905年10月孙文从日本到安南西贡，得到闽粤商人的支持，成立了同盟会堤岸分会，颜太恨是第二任会务主持。辛亥革命时，颜为厦门同盟会机关常驻负责人。那年11月，与苏郁文、邱曾三到漳州，密谋起义，漳州光复，任漳州府参议员。

信中说的吴宗明，是漳州籍华侨，同盟会会员，同盟会小吕宋分会机关报《公理报》第二任总编。1919年初，与傅无闷等人在菲律宾创办《平民周报》，任经理。

陈金芳，海澄人，厦门同盟会会员，知名教育家。父亲陈勉齐是福建水师军医，参加过与法国人的"马尾海战"，看见过大清海军的悲怆覆没，好像是个对帝国心灰意冷的人。战后，陈勉齐辞职离开军队，到彰化行医。1886年，陈金芳三岁那年，随母亲到父亲那儿。日本人占领台湾时，陈金芳回到厦门，那年十三岁，在鼓浪屿教会学校英华书院学习，毕业后当教员。1906年，到菲律宾的美国高等师范和中西学校做教员，加入同盟会。1909年，与同乡郑汉淇建立普智阅书报社，宣传革命，招募同志。1911年，与同志创办《公理报》。辛亥革命时，以同盟会小吕宋分会代表身份回到厦门，任驻厦门代表。后任中华革命党闽南财务主任。他是个知名的教育家，做过美华中学的第一任校长，1924年创办中华中学，长期做校长。

1911年，陈金芳与黄嘉声、吴宗明奉派回国，黄、吴二人旋回菲律宾报告经过。陈金芳独自留在厦门，承担一切任务，并兼《公理报》驻厦门通讯员，见证了厦门光复。

"现下厦门事如何？务祈极力进行联络众志，一面维持治安，一面筹议后动，万勿因循忽略。弟不能回国尽邦家之责任，负疚难言。兄弟趁机大展怀抱。如款项缺乏，可密函电，布告南洋资助，或致函来垠各界劝捐，必有可望。"

11月20日下午，春景、书晏又去了一封信，对自己不能回国尽邦家之责心怀内疚，但是，军费，他们愿意全力筹集。

同年11月9日，福州光复。11月11日，漳州光复。11月14日，厦门光复。

猜测黄开物与这些光复有所关联，他与朋友频频通信，密切关注态势，他的朋友们，直接参与了行动。

1911年，一件重要的事情是陈金芳等一群闽南同志创办了《公理报》，这份报纸，成了同盟会在菲律宾的机关报。通过这份报纸，他们宣传民主思想，争取华侨同情和支持革命。在侨界影响广泛。黄开物是它的资助人和撰稿人。1972年，菲律宾政府实行新闻管制，《公理报》被封停。

也是在这个月12日上午，辛亥起事的第三天，11点，马尼拉洲仔岸火烧，是逢东北风大作，烧毁店铺一百余间。恒美布庄幸免。移到雨伞巷内36号，依然兄弟同居，门市开张如常。

不知道黄开物和他的同志们说了些什么，但是，他们的来信像一面镜子，映射出黄开物想说的和想做的。

漳州和厦门，两个城市在九龙江下游平原和出海口，历史上保持着非常密切的关系，经济互联，人文相通，在时代大潮中同声同气，是自然而然的事。

黄开物是厦门、漳州光复的知情者、密谋者和可能的参与者，历史因为纷繁久远而隐去了他们的许多痕迹。使他们在一个伟大的历史事件的爆发期保持着一个"隐者"的身份，隐藏起充满悬念的故事。

民国在战火中诞生了，但是，一切并没有好起来。

六、动荡的家国

1912年6月10日，林书晏给还在锦宅的黄开物去信。

民国初立，元气未振，财政紧张，岌岌不可终日。政府想借外债度过危机，外国人则想借机染指中国事务。矛盾纠结，危机四伏。

这个月，派了李心灵到岷募国债，预计五十万元。资本家心冷，没见动静。倒是底层百姓依然踊跃，拿出血汗钱。在内地，社会大力提倡，风声远播。可惜杯水车薪，对时局并无裨益。在岷的同志竭尽全力，却障碍重重，情形反而不如以前。当局做事也不开诚布公，授人口实。

好在，一个叫施清秀的来岷办《公理报》。让大家高兴了一阵子。

林书晏是南安溪东乡人，十三岁随人渡岷，年纪轻轻成了恒美布庄经理、同盟会机关普智阅报社发起人、马尼拉布商商会会长。曾经在福建开矿，在上海办烟草公司，家资丰厚。抗战时，是菲律宾抗敌会委员，曾为新四军捐款。新中国成立初，被称在沪红色资本家，是革命党在岷重量级人物。与老东家黄开物有良好的关系。

7月1日，一个叫陈持松的同志又来信说，光复半年，南北意见分歧，不能一致共谋实际建设，列强也没能从外交上承认国家地位，真令人痛心。

时间到了1915年，黄开物又生活在马尼拉。

此时，欧洲人自己打得头破血流，暂时没有心思插手亚洲事务。日本人借着明治维新的积攒和甲午战争攫取的财富，又瞅了欧洲人的空，越发强横起来。

年初，日本舰队在福建沿海耀武扬威，锦宅老家，嗅到不祥的气息了吗？厦门湾倒是曾经武装到牙齿，厦门岛上的胡里山炮台和南岸漳州地面的南炮台还架着德国的克虏伯巨炮，那是光绪年朝廷花了十万两银子买来的，炮台按德国工程样式设计，负责施工的也是德国工程师。但是，他们只能等在海湾，远远地看着别国的舰队升起的黑烟。国家贫弱如此，令人气结。

新年又要到了，黄开物妻子想必又要问他，回吗？他说，不回。因为政府十分恶劣，南北纷争，百姓流离，他不愿意再履祖国之地。

当初，大家多么意气风发啊，办报纸，开民智，谋国事，义无反顾。现在，国家成了散沙，孙文也去了，革命者流血，人民期待的幸福生活没有来临。

黄开物，还是在垭，做他的生理，办他的学校吧。

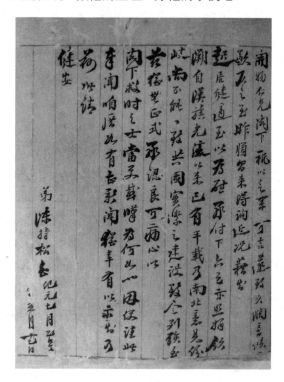

七、外面在打仗，他们在为办学校争执

族叔和族侄争了起来。

外面在打战，他们在为办学校争执。

1922年1月3日，元旦才过，本来新年，大家应该开心，但这一年，有点郁闷。

一个叫黄连蕊的马尼拉商人给回到锦宅的黄开物写了封信，信里全是脾气。你好像看到一个老头儿，发白，面赤，吹胡子，瞪圆眼，手抢洋拐杖。看样子两人起了争执。如果是碰在一起，说不定会掀翻屋盖，还好在纸上，愤怒变成了文字，火气消停了很多。两人争执什么？

不是名，不是利，是锦宅学校教务。

凡人做事不能有始有终，不足与世界争持。黄连蕊说，学校对黄连蕊来说特别重要，好像争不过，就不能在世界立足，真的很严重，倒是闽南男人的脾气。

倔老头儿胸口堵了一口气。按辈分，他是黄开物的族叔，信的落款，他有意突出了这一点。倚点老卖点老又怎样？十一年前，黄连蕊发起创办锦宅小学。那时，大约在辛亥年吧，一切看起来那么好，国家正在变化，风气开了，孩子们要有更好的教育，重要的是，他在垠，生理很好，有钱，有名望，说话有人听，辈分在那儿，谁能不服？学校说办就办，一呼百应，很快成了。那是光耀门楣、造福乡里的大好事啊！

过了这些年，情况变了。人都有老迈，何况物件。这两年，学校露了败象，下雨时，水滴滴答答地往下掉。想是屋顶长满了草。学校管理也有些问题。据说，聘请了不识字的做老师，县里来的视学看出端倪，说了些不中听的话。事情说得像真的一样，令人吃不消。要命的是，流言像风一样，传得很快，火一点，就起来了。毕竟那么多人捐了款，而且是年年，想了解真相，也没什么不对的。这年头，办事不易，办族里的事更不易，人多嘴杂，真有事，想说，也不一定说得清。学生们松散惯了，缺规矩，有的孩子，三天打鱼两天晒网，这倒也是，父母常年在外，生理倒是顾上了，孩子却野了。有才华的老师辞职，说要上大学，个人前途，也得尊重才是。学校后厝租给人家，也有点不像样。至于开支，此前账上用了万余元，除了官厅补助、族人捐款，还有华圃、许茂佃租，合起来还欠两千元。

所有人都知道，该变一变了。

说起来，锦宅子弟那么多在外，算是有头有脸的，行事常常先于他人，素来为四乡景仰。闽南乡风历来重教，读书识字，倒不见得求仕进显达，但懂事理，长见识，谋营生，不为人欺，是要的。子弟不强，锦宅不强，道理大家都懂。

但是，黄连蕊，那个锦宅小学的发起人，许多人的族叔，出这事是令他不快的。这是他的心血，无私奉献了许多年，菲律宾校董会也是他拉起来的。那时，他正当盛年，有钱，有脸面，人人敬着，说话办事容易。人生最好的时光，一眨眼就过了。

他对黄开物说，单就世情而言，财为养命之源，我因为被社事办学校拖累，所以银根困乏，难怪被人看不上眼。怨气在那儿。那是一个十分爱惜乡族的人啊，可是，问题也在那儿，人心思变，他挺着，心里委屈，真纠结。

校董会想到要回家休养的黄开物。

5月，他从圾回到锦宅。那么多年在外，本想歇一歇的。但校董会请求他帮忙整顿校务。这是他不能拒绝的。他有见识，有声望，生理好，思想开通，热心乡族，本家又人丁兴旺，说话气足，还有谁，比他更合适呢？

对老辈人来说，后生可畏，他的出现，是不是意味着有人该歇一歇呢？

黄开物一开始就是在做一件吃苦不讨好的事，他想改变，自然动到人，动到钱，动到规矩。族叔怨他，觉得这个年纪不轻的族侄欺他，一些好事变成闲话，闲话变成钉子，扎在心上。

黄连蕊气不打一处来。"你把旧校舍还给我，"他说，"我是无能的人，我会自己设法，贤侄你通权达变，不难另外选择校址，办你的特色教育去吧。学校财务，可以交给三合，校长、教员我另外派人来聘。学生愿意跟谁就跟谁。噫，区区锦宅，两个学校，看起来很荣耀啊。"

"贤侄你有志办学，我岂能无心教育。我虽然勉为其难，但是，一定以毕生之力，死而后已。"老人真的生气了。

1922年，这一年，挺特别的，许多大事在这一年发生。一切看起来挺有生气的，但是，也潜伏着危机，让人振奋，让人不安。5月，国民政府北伐，张作霖在东北宣布自治。6月，黎元洪又做了大总统。广州，孙中山最重要的同志陈炯明带了四千军人围攻他，孙中山逃到永丰舰上，一个叫蒋介石的年轻军人追随他，从此平步青云。许多地方在罢工。年底，逊帝溥仪在紫禁城大婚，许多民国大员和遗老遗少前往祝贺，世界如万花筒似的变着。

在锦宅，黄家最有本事的两个人在争执，这时，他们最关心的一件事是办好学校。

亲人们看着他们。

黄开物一直在海外营生，一呼百应，这是他的时代，他想放开手脚，在本乡做一番事业。他提议，本社华侨逐月捐款。如果成功，无疑十分壮色。菲律宾校董会最初看起来也支持这个意见。

款，开始陆续汇来。

6月，八十四个族人捐了一百三十二元，最多的十元，最少五角。钱不多，但那是大家的心意，哪怕是区区五角。

9月9日，捐三百五十元，用于购买洋号和礼服。因为还要修房子，显然不够。在垉的大哥还在设法。

9月21日，又捐四百二十七元，用汇票寄来。此时，垉埠生理十分清淡，有些力不从心。

11月28日，有消息说，宿务只六个族人，愿意每月捐六元七角。三宝彦顺柯和胜里来说要征集，还没下文。苏禄、达沃船期遥远，还未回复，那船期，怕也遥遥无期。

黄开物回乡办学校时，正逢马尼拉市面萧条，很多布店关门，像广泰号、三联隆号、福长成号，都是老牌子，也关了。自己的布庄还可以，铁店也有些进步，大家上下携手，小心周到，待人热情，才有收益。

实际上，事情也不像说的那么好。1月5日，大哥就曾经告诉他，家里亏了一万八千元，这是历史上没有出现过的事。

5月中旬，夜里两点，街上失火，火烧到邻家，好在救火队来得及时，才躲过一劫。那街上残砖断瓦，好不凄凉。再募款，怕是难了。这年月，形势起起落落，生理真不容易。还好，从马尼拉到厦门的太生轮定期往返，两边的事一直牵挂着。

校董会看好黄开物，却觉得他的摊子铺得太大了点。校舍有些旧，他想建新洋楼，增加学生人数。校董会回信相当委婉，我们大家一致支持你，但以当下情形，筹款实在太难，还是暂时维持现状吧，等商业有了转机，再尽义务，到那时，一切迎刃而解。但是，大家还是在募款，因为，锦宅小学的维持，本来就是一笔不小的开支。

马尼拉本埠的款很快齐了，山顶的也到了，信发到各州府，还在等消息。

他们保留了唐人对地方的称呼，州、府，他乡，本来就是故乡。

黄开物显然在一个不太对的时间出来做他想做的事，经济萧条，族叔不开心，款也没有筹到他想要的数字。

但是，无论如何，办好这所学校，是所有人的心愿。最终，学校的厝顶不漏雨了，新老师来了，校规完善了，孩子们穿上了漂亮的礼服，出操时洋号十分响亮。学校还办了夜校，让年轻人来补习，不让他们无所事事，到处嬉戏、赌博。上学年纪是错过了，可是，识了字，看得远些。

自然，新学堂还要等以后，孩子们仍然在旧学校念书。

黄开物在锦宅待了一年多，等他重回南洋时，学校大约好起来了吧，族叔的气也消了吧，多好的一个倔老头啊！把最好的时光和财富给了锦宅小学，到了要他放手的时候，还有谁肯责备他的恋恋不舍呢？

说到底，花再好，总有谢了的一天，岁月流转，世事更替，不都这样吗？

黄开物的锦宅小学，终也有他离开的一天。到那一天，他会恋恋不舍，像他的族叔一样吗？

八、抗争了五年，看起来赢了

老朋友沈天保向黄开物抱怨，愤懑浮于纸上，时间是1922年。信已破损，不知哪月。

愤懑的，不只是沈天保一个人，整个华社都在愤懑。

起因是，这年2月，一项歧视、限制华侨工商业发展的法案——《西文簿记法案》竟然被菲律宾议会通过了，这项法案规定，在菲岛经营工商业者，必须以英文、西班牙文或菲律宾文记账，违反者，处一万比索以下罚款或二年以下监禁。

这个法案引起轩然大波，在世界上，没有哪个国家对外侨记账开这个先例。这不仅对华侨影响巨大，对公平竞争的商业，也不是好消息。

美国派驻菲律宾的第六任总督夏礼逊离任前，匆匆批准了这个法案，侨领李清泉和总领事周国贤的交涉以及华社的激烈反对完全被无视。

批准这道法案的人，不是脑子进水，就是对华人深有成见。

这项法案对华社冲击巨大，数以万计的华侨中小店主，不识外文，中文才是他们交易、记账的语言，记账方式也是中式的，他们代代相传，成效斐然。他们是殖民地税赋的主要来源，这项法案的颁布是令人不快的。

现在，他们的选择是，要么坐牢，要么屈服。无论哪一种方式，他们中的许多，将被迫关门歇业，好为其他人腾出空间，让出他们辛勤耕耘数个世纪的零售业。这是商业对手们处心积虑想要得到的结果。这种谋划早在二十几年前就已经开始，现在，终于即将成为现实。

闽南人在几百年前，那时，马尼拉还叫吕宋，就已经来到这里，马尼拉从荒凉到繁荣，他们有份贡献。他们以出色和勤勉开出一片天。现在，他们正在被视为外来人，被人以合法的方式，挤出世代经营的空间，这是不公平的。

华社选择了第三种方案，以合法的方式抗争。毕竟，数万工商业者凝成的物质和精神力量，不可小觑。数个世纪以来，华人拙于政治但精于工商，他们只想好好营生、养家，富裕自己，光耀门楣，造福乡邻，并不想惹是生非。但是，是非自己找上门来。

新总督沃德有点两难，显然，他注意到了华人的愤怒，他们的诉求并不为过，何况，单看他们对殖民地财税的贡献，就知道该不该听听他们的声音。但他显然不愿意让议会不快。于是，在1922年，他折中地宣布法案延期一年零两个月，也就是1923年的正月才推行，这不是华商期待的结果。

按照沈天保的说法，沃德总督给华人的解释是，想缓冲一下，最后的目标，还是取消这项法案，他安抚大家说，中美关系历来亲善，不会让华商陷入困难。天晓得他对议会是不是也这么说，拖一拖，时间长了，他们就放弃了。

作为政客，他会这么说吗？

菲律宾议会对华商的态度不过是冰山一角。19世纪末20世纪初，美国从西班牙手中取得菲律宾以后，赋予它更大的自主权，短暂的动荡之后，经济快速发展，商业繁荣，城市日渐繁华，华人的商业天分也有了充分的施展机会。单说零售业，华商的营业量是其他人的四倍以上。

华人的吃苦耐劳令人惊讶，一个美国记者描述了他在马尼拉街头看到的奇异风景，一个华人苦力背着笨重的木箱、步履沉重地走在前面，四个当地人抬着一个同样大小的木箱慢吞吞地走在后面。这种无可比拟的吃苦耐劳不让他们成功才怪。

但是，那个美国人报道的故事背后的隐喻实在令人不安。

殖民地当局似乎有意在认可一种说法，人数众多、经济实力雄厚的华商早晚会成为其他人生存的障碍。在可控的范围里头挑起族群的矛盾对统治者来说，治理起来倒是方便多了。

殖民地官员对华人的态度也真令人困惑，一方面，作为统治者，他们对华人的商业天分和生存技能给财税和城市生活带来的方便乐享其成。另一方面，他们对这一群文化背景迥异的"异教徒"的生活包括他们的美德冷嘲热讽，就好像他们既热衷于唐人街物美价廉的中国菜，又不失时机地鄙薄一下唐人奇怪的饮食习惯，好像不这样，就不配生活在文明世界里头。华人这种顽强的生存技能令他们——世界的统治者不适。

同样感到不适的也包括华人自己，他们的国，曾经是世界的中心，拥有无上的荣耀，以致他们愿意在离开母国后，仍然把那地方称作唐山，把自己叫唐人。现在，天朝大国已经梦碎，但是，他们在乎，恋旧，隐忍，甘愿忍受嘲讽。他们有时给人一种十分老派的印象，游离于主流社会之外，自成一体，精力充沛，埋头赚钱，富裕而孤立，对挣钱以外的事情毫无兴趣，殊不知他们每个人都背负家族的期待，他们努力，才不让人失望，以致他们都忘了他们曾拥有优雅闲适的生活。

华商首领李清泉代表正在崛起的新一代华商，法案通过时，他不过三十出头，做华商会会长得心应手。有成功的事业、傲人的财富，长相十分出众，有点像热播剧的男主，完全符合公众审美。重要的是，他接受过西式教育，与美、菲上流社会交往，熟知他们的规则。

他组织的那场权益保卫战相当有现代感。法案刚通过，阻击立即开始，华社被动员起来，集会、请愿、筹款，他的报纸也从月报变成日报，便于及时发声。

迫于生计压力的华人一旦凝聚，就是一股非常强大的精神力量和物质力量。但不一定有人意识到，抗争要坚持那么久。

两个合作伙伴作用非凡，薛敏老，毕业于美国密执安大学，菲律宾职业律师。吴克成，著名商人，能说西班牙语，两个人都是李清泉中兴银行的股东。他们被派到华盛顿陈情，从总统，到两院议长，再到陆海军部长。他们也向菲律宾政府陈情，母国政府则向美国抗议，尽管母国已经那么弱。他们还向国内各大商埠的美国商会陈情，他们需要他们的同情，他们知道在商业社会舆论的力量。

当时的美国总统哈定以为依法不应过多干涉殖民地内政，他派出了考察团，考察团回去报告了总统，总统指令总督快速、酌情处理，避免事态不可收拾。接着，法案延期了，这个结果，聊胜于无，但不是华商期待的结果。

想到国家羸弱，海外子民如此受气，沈天保不免对黄开物吐槽一番。1922年2月，春节到了。

这个春节，大家都过得不开心。但逛街的习俗不能省。人逢事，方寸不能乱。这个月，新方案推行了。吊诡的是，两个华商甘愿以身试法，然后在法庭上反诉税务官。如果非得让华商把商业智慧用于消停对手，殖民地当局其实也很难堪。

华商接下来的应对十分从容。

问题提得十分专业。这是一个对华人极有偏见和不友好的法案，行侵犯及他们被法律或其他地方赋予的商业和财产的权利。因此，它的合法性是可疑的。

这样的表达太美国了，大人们，或者说法官们怎么可以随意拒接这样的质疑呢？更何况，华商们用的是他们的语言、他们的法律、他们的思维方式、他们的道德观提出这样的质疑。如果他们对这种质疑说不，他们得想想，他们的行为是否违背了他们引以为荣的精神。

这种锲而不舍与有条不紊，需要底气。

这令殖民地官员有点不习惯，在印象中，那些华人古板、封闭，几乎与主流社会脱节，他们怎么可以这样回击？

1921年2月，立法程序输了，还有行政程序。

1923年元月，行政程序输了，还有司法程序。

1925年2月，菲律宾大理院，又输了。

1926年6月，美国最高法院，他们赢了。

节节抗争，持续二十七年，高潮部分，在最后五年。华商的决心和意志迎来柳暗花明的一天。

也许得感谢这桩公案，它促成了20世纪华人生存的自我探索。一盘散沙的华人被整合起来，中华总商会成了他们的旗帜，马尼拉、怡朗府、宿务成了风浪的中心，华社的权益保卫战最终成了规则之下的互相碰撞，彼此融入。对于华社而言，这次集体亮相后，世界不一样了。

对沈天保来说，未来还会遇到许多郁闷的事，学会怎么做，结果就不那么悲摧了。

一群人活在这世上，最怕的是懵懂无知，知道世界在变化，心里反而踏实了。

九、时光跟流沙似的

时光跟流沙似的握不住。

四十年间，几百封家书，中间，隔着大片的时光、大片的海。

信里，有他的家，他的国，他的父亲、他的阿兄、他的妻儿、他的子侄，亲人、乡邻、伙计、同道，在他的信里影影绰绰。

他们生活在一个时代走向另一个时代的关口，帝国坍塌，新纪元诞生，混乱、无序、战争、死亡，荣耀与悲凉，最后，这一切都成了云烟。

那个时代的风韵在信里。食物、衣衫、建筑、音乐和思想，泛着旧日的黄，让人想起慢慢旋转的风扇、老掉牙的番仔楼、生了锈的南洋饼干桶。

一个混搭的世界，一种混搭的生活，泛着艳丽的色彩。

黄开物的家书就像一幅20世纪初的世俗风景画，画的一端，在锦宅，另一端，在岷。时光，像沙漏一样，绵绵不绝。一个人，一个家族，一个变化着的社会在徐徐展开的长卷中。一个人追随时代洪流，一个村庄踩着全球化经济的节拍，岁月流金，浮光掠影，风过后，一切渐渐平静。他们的事留在纸里，他们的时代留在画上。

今天，锦宅还叫锦宅，岷成了马尼拉。一切好像还和从前一样，又好像不一样了。

二辑：章嶙和君哲

一、章嶙和君哲

　　章嶙和君哲，看起来是一对年轻的爱人。

　　章嶙在马尼拉经商，他们大约结婚不久，好像没有孩子。所以君哲常住在娘家，那是个爱女儿的家庭。章嶙的家在石狮的坑东，君哲的家在晋江的檀林，本府邻县，路不远。

　　这是我读过的最煽情的一封家书。故事，好像刚刚发生在我们身边，他们那么相爱，怎么可以这样分离？

　　章嶙称君哲"亲爱的"，一封信，不足百字，叫了三次，甜得发腻，有点像八十年后的年轻人。君哲想来也这样叫他。真是一对恩爱夫妻，连名字都那么般配。他们是有教养的家庭的孩子，他们的故事应该像春天的童话。如果不是离别，他们应该像一对爱说话的鸟儿，一天到晚卿卿我我、叽叽喳喳。

　　你看见他温柔的凝视，充满爱意的安抚，他要她做天下最幸福的娘子。

　　章嶙交代君哲把寄去的三百元给三婶，三百元在那个年代可以在乡下买一座房子，供一家人生活。君哲有些疑问，询问这事，三百元都给吗？

　　信中没有提到三叔，大约不在了吧。所以，三婶一家，章嶙得养着。

他是兄弟中最有本事的，而且，三婶曾那么疼他，像母亲一样。那是有家族血缘的人才肯做的。

亲爱的，你方便的时候，应当交给她，我已经告诉她了，那三百元，我是按一年的生活费给的，本来，会给得更多，谁让她是我三婶呢。但是，国家在打战，除了捐款助战，不能吝啬，生活，要力求简单。章嶙甜蜜的、不容置疑的交代，好像说话时，他的手，正轻轻地揽着君哲软软的腰，男人的气息覆盖了女人。她还能说什么呢？

君哲是个通情达理的女人，知道三婶的好，知道三婶不易。章嶙是有主见的人，知道该做什么，不该做什么，凭他的能力，也可以做得更多。并且，他那么爱她，这还不够吗？

章嶙在马尼拉的事业，看起来在上升期，他那么自信，讲话，不拖泥带水，口气，毋庸置疑。吐字，用短语，有节奏，是个讲效率的人。血气方刚的年纪，一大班人围着他，听他使唤。这个头家脑子快，手脚利索，跟他，有劲。那公司叫康宁制造，听起来结实。给君哲的信，用公司信笺，中英文文头，纹理细腻，手感好，不谈生理，写情诗，也很好。稳重、有情调，妥帖，让女人放心。

章嶙对未来十分自信，你要来吕宋（马尼拉），别担心，先回坑东，我已经让三婶托人办护照，你等消息，到时让人护送你。章嶙有钱，有本事，没什么可以担心的，你只管好好待着，让自己开心，调养好身体，只等好消息就是。

章嶙是个行事果决的男子，目光犀利，思路清晰，做事有条理。就像他的一丝不苟的外表，衣服合身，头发整齐，皮肤紧绷，双手白净，指甲没藏一丝灰泥。他相信自己。

章嶙好像今天总裁剧的男主，商场上的"犀利哥"，年轻帅气，可以轻轻握住自己的命运，愿意用若干克拉钻石去印证爱情。

他那么相信他和君哲的爱情，亲爱的，别犹豫，来吧，我等你，一切有我。希望你下定决心，到我身边来，一分钟都别等，我爱你、想你，想你美丽的容颜、柔和的声音、纤细的手指、温暖的气息。下决心吧，我们已经像牛郎织女一样隔了几万年，再不下决心，我们相会，遥遥无期。

亲爱的，跟着我，相信我，我有宽大的胸怀、坚实的肩膀，呵护你，让你像美丽的鸟儿，开心地唱歌。我们的日子，每分每秒，都会像春天，无忧无虑。

看他们说话，你会觉得，她要像琼瑶一样做梦。

待到章嵘和君哲，那对八十年前的爱人，把话说完，他们在信里依依惜别，然后，像今天的我们一样，说，祝你快乐。

章嵘的信，写在1939年9月，他相信，祖国会赢，生理会兴，爱情会美好。

我们不知道，当随之而来的战火，遭遇水晶般的爱情，会是什么样的结局。

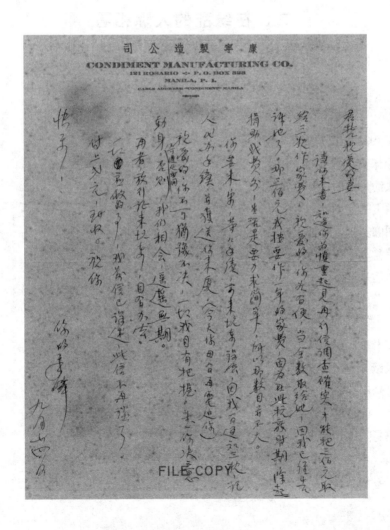

二、在纷乱的人际相看

一封平静的家书，在1933年12月1日 从菲律宾的马尼拉发出，大约十天后，到达龙溪角美的辽西社。发信人叫郭泰祺，收信人叫叶莲盆，现在谁也不记得他们是谁了。

十天前，发生了"闽变"，在马尼拉的郭泰祺，已经从当地的报纸知道了这个消息。军阀混战，大家习以为常，但是这一次，郭泰祺隐隐感到有点不同。

十九路军——那支在淞沪战场因为顽

（闽籍书柬南南东垦藏）

强抵抗日军而振奋国人的队伍，在被派往福建之后，似乎已经预见到了他们的结局，数万人马，或许将在同室操戈中消耗殆尽，这是谁也不愿看到的。于是李济深、陈铭枢、蔡廷锴、蒋光鼐——这些侨界声名显赫的大人物，带着他们组织新政府，他们在福州树起大旗，通电、发布宣言。二十五个省的代表和海外华侨代表汇集到省会城市集会、游行，群情激昂。

又要打仗了。

那对八十多年前的夫妇，好像有点茫然地站在兵荒马乱的街头，人群默片般从眼前匆匆流过。没有人在意他们说了些什么，他们也不知该对人说点什么。那封信，不过是夫妻两人的窃窃私语罢了。

"莲盆贤妻爱照：

"今天寄信局去银壹拾伍元，到时检收，给您家用。近闻十九路军与红军联合一致，反对国府，组织新政府。又闻国府今中央军开到浙江省，要对十九路（军）开战，大约当，乡川人民甚不平安，我想您就小心为要。我在外面身体健康，不可致意（不必介意），想您近来亦是。"

寥寥数语，几处错漏，像出自粗通文墨人之手。信的重点，讲的是寄银十五元，给家用。国事，在后面，为家事铺垫。

那个写信的人，应该是个挺安静的人，梳着整齐的头发，穿着老式的西装，不再年轻的样子，心事重重地看着窗外，马尼拉街头人来人往。

在家乡，大事已经发生了，战火好像就要烧卷过来了，妻子还在那边，他好像想多说些什么，又能说什么呢？

在信里，那好像是形孤影只的两个人，他们的父母呢？他们的兄弟姐妹呢？他们的儿女呢？所有的人，好像都被文字干净地剥了去，一种空洞的寂寞，从字里行间散发出来，满是惶惑。

他们的村庄，叫辽西，陌生到好像不曾有过，其实离九龙江出海口很近。他们夫妇曾一起在那里生活，相亲相爱，日子简单而又幸福，然后丈夫跟着乡邻出洋，吃了苦，慢慢地，也立住了脚跟，合福铁业公司——信笺上的名字，大约是他谋生的地方，他是头家，还是起早摸黑的员工？好像与他有关的信息，都藏着掖着，像谜一般，答案，现在看来都不重要了。倒是漂亮的淡红色的信封，巴掌大小，长条形，有点秀气，印着孔雀、牡丹和梅花，现在看了让人心里暖暖的。那时，新年快到了。

发生在家乡的战争，又近，又远；近到你可以闻到一股硝烟味，远到你像隔了一堵墙，子弹可以慢慢地飞，你只能等。连年征战，人，大约有些乏了吧，生和死，有时要听命。

那应该是一场没有亲人和朋友参加的战争，薄薄的信纸，没有一点跟他们有关的信息。那战争，守的，是一帮广西口音的军人；攻的，是另一种口音的军人。南洋的捐款，总是有的，而且数额巨大。他信里，也没提半个字。或者，那些事，并不是他可以在意的。

听不见慌乱的心跳和激昂的怒吼，他只是慢慢地在对妻子说，注意，担心，言辞安静又无奈。你几乎可以听见，子弹的声音，像蚊子一样嗡嗡嗡嗡，然后，他自言自语地说，我身体很好，你的身体想来也很好。好像他急着要替妻子把这句话说出来似的。

他的妻子始终隐在书信的背后。我们不曾听见，她发出的一丝声音，哪怕是一声轻轻的叹息。或许有一双忧郁的眼睛，正看着，我们甚至以为，那眼神，从八十多年前穿越而来，幽幽地，挂在辽西——一个我们所摸不着边的地方。

南京的军人涌上来，他们穿着好看的军装，又英武，又神气，德式的装备，让他们看起来意气风发。据说，那个时代最好的军人被搜罗在那支队伍里，很难有谁可以挑战他们。那些人虽然年轻，却将星闪烁，都以为早晚可以拥有天下。

广西的军人反转、缴械。一年前，他们还是一支骁勇善战的军队，在上海打得日本人十分不堪。再往前数年，他们在两广，也曾所向披靡。那是多好的儿郎啊，被对手和自己的鲜血浇着拼杀出来的。可是，很快，师长们一个一个听从南京，然后，带走自己的军队，不再服从老长官，即便他们在战场上是交过命的。当他们看到，要去和自己人决战，而不是日本人的时候，真是惶惑。

1934年1月15日，福州失陷。

人民革命政府和十九路军总部分别迁往漳州和泉州。东坂后礼拜堂——那座漂亮的同治时代的西洋建筑，成了政府大楼。赞美诗的吟唱，被尖锐的军令声淹没。1月21日，泉州、漳州失守，新的国家成立了五十八天，被从图上轻轻抹去。十九路军消失了，中国军队中不再有他的番号，他的声名留在淞沪战场。残余的军人，解体、整编，大名鼎鼎的首领，出走，远游，从此只能成为政治符号，如果以后他们还愿意留在政坛的话。

仅仅在两个月前，十九路军还是多么意气风发啊，挟着抗日战场上的余威，万众欢呼，他们想改变这个世界。南洋的华侨们也厌倦那个"国府"，他们捐巨款，派代表团，呼喊串联，通电世界侨领拥护新政府。马尼拉中华总商会的会长许友超，被任命为思明市（厦门市）市长和龙汀省副省长；马来亚的彭泽民，从香港赶到福建；出生于牙买加的前伦敦律师、孙中山前秘书和国民政府外交部前部长陈友仁也来了；出生于越南的张炎做了第四军军长。都是声名显赫的人物啊，没几回合就散了，对手是比他们年轻的人。侨界倒是喷出一股火，那一把火，瞬间烧起，转瞬即灭。一下子，所有一切，都安静下来。

那对夫妻大约惊惶地看到城里旗帜的变换，军人们的涌进涌出，然后，隔着海，握着彼此的手，然后，像薄雾似的散去。

八十多年后，这封信意外地出现在收藏者的手里。与他们有关的一切都化成尘土，透过那张松脆的纸片后的时光，我们看到那对夫妻，无声无息地出现，无声无息地消失，身后，却是滔天大浪。

三、夫妇之情，套话不要说了

夫妇之情，套话就不用说了。

王金春的心很焦虑。1938年，日本人已经堵在家门口。在他的家南太武，可以看见日本的兵舰浮在海上。妻子江氏在那边，而王金春在新加坡，感觉无能为力。

此心怅然，莫奈之何。身心两地，望眼欲穿。王金春对妻子说。

前一年10月，日军占领了金门，死了一百多个壮丁，许多是他的乡邻啊，又说有许多女孩，被装上船，送往日军的营地，她们的结局，可想而知。今年5月，几千日军登陆厦门，国军仓促败退，又死了一大波人。那几日，对岸城里不时传来的枪声，胡里山炮台方向的烟柱，把人心弄得沉沉的。

南太武是漳州的海上门户，与金门的北太武对峙，拱卫九龙江海口的大片水域，四百年来，来过葡萄牙人、

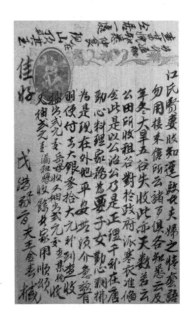

西班牙人、荷兰人和日本人，驻守那儿的浯屿水寨的官兵曾和他们交过手，国姓爷的兵船也曾屡屡出没。过去的事，细民未必留心。但这帮日本人来势汹涌，有亡国之忧，百姓是坐不住的。

有消息传到新加坡，说家乡要拆房子了。那是大敌当前，准备坚壁清野的信号。想到妻儿都在那儿，真是揪心。他交代妻子照顾好子女，管理好家务，养家的钱是不会断的，给二哥金旺和四弟妇的，照给，打战了，生活会更难。其他，也只能祈祷战争早点结束了。这个夏季，真是酷暑难熬。

好容易到了秋天，大旱，原本盼望的收成也没了。冬天就这样到了。

这是天数，总要遇到的，王金春安慰妻子。世事轮回，会好的。

政府摊派的寒衣准备金得交了，妻子说。这个冬季，有点难。

这是以公治公，是正理啊。王金春说。

虽说闽南四季如春，但也不能穿着夏天的单衣打仗啊。

料理好家务，照顾好我们的孩子。我人在外地，都好，别挂念。

钱如期寄来，岳母和家人们各有份，告诉他们金春平安。

丁戊年十二月初二，冬天，新历已经是1939年1月21日了。王金春写信时，前方战事越来越紧。

那封信安抚得了江氏的心吗？那张六十年前的信纸的左上角，印着一张小照，两个恋爱中的男女，忘情在自己的世界里，春光流转，好像那年代的好莱坞电影里的那样。

夫妇不需要套话，就这样说了吧。

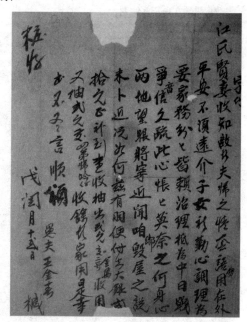

四、给良人阿策的信

一个李姓少妇，请人给她在安南的良人阿策写了封信，代书的，是一个文人，与李氏应该比较熟悉，这让这个年轻的女子，在向远方的良人坦露心思时，可以不太顾忌当着另一个男人的面。

好别致的一道信札。

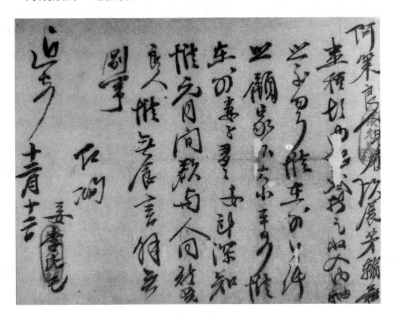

那信书法有吴昌硕的味道，用笔肯定、迅捷、瘦硬，通篇痛快淋漓。格局不差，言语有度，不亢不卑，不像是个凡夫俗子，倒是个有经历的人。那教养，宜诗宜酒，宜春风秋月，自然，也宜为独守空房的少妇写一封信，并且把那信，写出了古人的情鉴，或者雅士小札的意思。

> 阿策良人安履：
>
>   倾展芳翰，知悉雅情。内银三十圆收入，内抽照交，勿介。惟（唯）在外身体照顾，家下大小平安。惟（唯）在外妻子多多，妾深自知。惟（唯）元月欲与人同往，愿良人唯无食言。余无别事。

落款自称妾李氏。开头一句，却是文人的客套话，斯文，夫妻间说事，也有这样的？后面寥寥数语，四个"惟"字，信手写来，不像是词穷，倒像是在替那少妇向她的丈夫表达什么意思、泄露什么情绪。

猜测那个文人，喜欢李白，念过《春思》，感动过年轻女人对丈夫的思念，对古典的夫妻——妾与良人关系心存遐想。

那是个干练而有主见的女人，与丈夫结婚时间，不会太短，不会太长，借别人的笔与丈夫说话，没有小女子的忸怩，情感笃定，口气幽怨，一丝柔情，爱情还在保鲜期。

先说三十元收到了，按你的交代做了分配，别担心。丈夫担心什么？你一个人在外，要照顾好自己的身体，家里大小平安。平静地说点家事，平静得像没有发生过什么事。忽然眼波一动，话锋一转，你在外"妻子"多多，红颜不少，这我是知道的。那妻子，自然是露水夫妻。良人多情，她自然晓得，到了安南，如鱼得水，生理，想来也顺手，便有许多闲心，做美丽女人喜欢的单身汉。那人左右逢源，家是顾的，养家费按时寄来，给亲友的，也没少。那些荒唐事，在别人看来，便不那么不可容忍了。

这女人，不吵不闹，温柔地叫他的丈夫阿策小名，好像还在当日花前月下，口气安静得让人有点心虚。就几句话，后面全是留白。不知她的良人，会什么表情。涎着脸，讪笑？羞愧？还是慌了？她姿态极好，妾，她在良人面前谦恭地自称，取的是下位，内含力道，不受她的谦卑也难。良人倘若这时理屈词穷，还好。若是恼羞成怒，那便不自量力。丈夫遗爱于外，妻子不像要计较的样子，也不像不计较的样子。那明亮的眼睛深处，秋水微澜，藏着变与不变。这时，这女人，当呼吸如兰、香气袭人才好？

话锋又转，我要来了，你别食言。山盟海誓，云雨巫山，当日之约，别忘了。我来的时间是元月，我和人来。元月，就是下个月，春暖花开，莺歌燕舞，我要来了。

甚至没有说来了的具体时间，和谁来。我一路奔将而来，乘大船，过大海，我来了，不是来战斗的，是来清场的。

妾，站着的女人，原配夫人，对花心的良人，温柔有加，该来的来了，让不相干的离开。

好自信的一个女子，宽容、笃定，守护她的丈夫和家，轻重拿捏，凭章法，没旁待，真是光彩照人。

那个叫阿策的良人，当珍惜才是。

李氏写信的时间是1935年1月16日，农历十二月十二日，春天要来了。

五、小女子家书

那一夜的风，凉得像一个人眠过的床。第二天一早，她就急急忙忙去找人帮忙写信，路过自家田地时，她觉得田里有点明晃晃的，垄上的土，好像又窄了一层。

这小女子想夫君早点回家，话不多，有点凄恻。

那人想来纸片儿似的，身形单薄，眼神柔弱。

她和夫君燕趁分别时间多长了，竟藏不住情意丝丝绵绵。

家里没有男人，自己做田，收益不佳。请别人做，收益也不佳。田地与人家有界址的，多被人侵占了去。

春天里，田里泛着冷冷的水光，田垄软软的，界址被邻家切走一块。眼见自家田一天一天变小，却不敢与人计较。蔡氏盼望船只可以通行时，夫君能快点回家，整理家务。只说她不敢轻举妄动，请夫君回来主持。口气，不知是盼望还是祈求。

那女人说话哀哀的，却没有一丝抱怨，令人不忍。

时间是庚寅年十月，正是1950年，大约是战争过后，形势初定，往马来亚的船好像不通，乡间也不安定，山里有时还有点枪声。晋江东石郭岑村的蔡氏焦急地等着他的夫君。

天开始凉了，收割过的田地十分荒凉，白天越来越短，天气一阵雨一阵冷，夜里冷飕飕的。

她和夫君天各一方，家里的农活没人干，邻居见她家没男人，也欺她，占她家的地，那是边界，虽然只是小便宜，但她心中苦楚，也很害怕。

她的夫家在郭岑村，怕是人丁不旺。夫君在南洋，想也是境遇平平，无声名可以远播，无遗力可以回馈家乡。发生事情，竟无人援手，真是不堪。

旧时，农人靠天吃饭，生活不易，田地是口腹之依，一家根本。地界之争，司空见惯，争水争地，不惜大打出手，都很寻常。自有乡族、宗族出面斡旋，平息事端。再不行，也还有父母官主持公道。总归是生活所困，积下的恩怨。

那蔡氏一小女子，从旧时代走来，小门小户，无社会阅历可资，无强势父兄仰仗，性情柔弱，竟不知如何应对，连出主意的人都没有，怎不惶恐？

但那信，竟没流露出些许愤怒，连句指责的话都没有，只是言词哀楚，一副逆来顺受的样子，甚是隐忍，境遇堪怜。

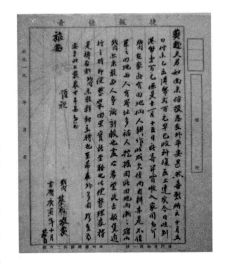

想来她也知晓，夫君不归，钱却照来，十月寄了两百元港币，十一月又寄了一百元。心在，能回来，早回来了。怨时局乱，行路难，找头路也难。

她是个明事理的人，心中委屈，只能关起门来，对遥远的夫君说。言语切切，却不敢丝毫抱怨，只用温言软语，盼君早归。

那燕趁接了来信，怕是恨不能插了翅膀飞回来。

只是，回难，不回，也难。

1950年是个新旧相交的年份，一切都那么艰难，又那么充满活力，战争结束了，人们开始在废墟上建设家园。国家和她的人民贫困不堪，年中，又爆发了一场更加惨烈的战争，一切都在剧变中。

那女子的声音，好像定格在那个风起云涌的时代，在今天看来，如此清晰。

六、情　殇

他站在婚姻的尽头，一站就是那么多年，他在那里欲罢不能，欲说还休，前面就是传说中的苦海，谁知道，那个替他摆渡的人是谁？

1949年6月，她做了他的新娘。

那是一桩老式的婚姻，父母之命，媒妁之言。

此前，他在马尼拉，她在老家石美的北门社。

洞庭花烛之前，他们未曾谋面。不过，他们都受过新式教育，鸿雁传书，字文言情，就像互联网时代的年轻男女，好感，是可以在键盘上敲出来的。

新婚宴尔，最初的日子，短暂，想也是快乐的。

匆匆结婚，匆匆离别，一切恍恍惚惚的，那婚姻像瓷器，一开始，一道暗痕已经在那里了，却不知道是在哪里磕到的。

第二次见面时，他看到了别人写给她的情书，尽管她遮遮掩掩的，他还是看到了。那个恋爱中的女人，情郎并不是他。只能猜想他们会发生什么事，归途中，他给她写了信，希望她能够回心转意，像最初一样。

发生这样的事，真令他蒙羞，要命的是，他已经不可救药地爱上了她。

1953年6月，天气燥热，他的心有一把火在烧。这时候，他们已经结婚四年，中间，共同生活的时间不到两个月。裂痕是要精心养护的，开了那么久，合不上了，家只能远远看着，回不来了。

愤怒让他的语言变得尖锐，他说，恕我不称呼你，事实上你也不需要我称呼你，你已经不是我的所有物，你已经有你理想中的新丈夫，所以我不称呼你。言外之意，你不配。

在这空虚的封建不合理婚姻中，你比我先走一步，把不能跨越的鸿沟大胆地跨越过去，使我大吃一惊。好了，好像一下子想通了，要解脱了。看起来他是旧式婚姻的受难者，她也是，他们应该惺惺相惜，早些分手，各自安好才是。但是，打住，实话在后边。

这是你不慎做出来的事，你辜负我在先，并不是我不负责任。我希望你不要蛮干，可你执意要离我而去。现在我放弃一切责任，我不能再忍耐下去了，我的精神受到极大的创伤，名誉不能再弥补，就此分手吧。

他大声威胁，但那不是真的。

他在努力挽留她，以责任的名义，还紧绷着脸，让人害怕。

父母把她交给了他，她身上所发生的一切，他要负责。现在，她执意要走出他的生命，责任到此为止。

我们好像看到那个倒霉的丈夫，尖声发泄他的愤怒。我不能承认你是我的伴侣，你已经有了新的家庭，按照新的婚姻制度，要办什么手续，请来信，任何时候我都盖印给你。不需要手续，就此分手也可以。

他就像歌剧里的爱人，因为痛苦而神采奕奕，时而愤怒，时而悲伤，时而哀怨，一遍一遍地唱着咏叹调。

祝你新家永远幸福。他咄咄逼人地说，好像站在道德的制高点，指望拯救迷途的羔羊。他正沐着落日的余晖，要和往事告别，好生骄傲，但我们分明看到他的失魂落魄。

接下来的三年，不知道他们是怎么度过的。分手的印章没见盖出来，女人也似乎没下过决心，他们就这么耗着，书信往来，彼此痛苦，青春一点一点地逝去。

1956年11月，他们又一次重逢，共同生活了一星期，雨露恩泽，或许是有的。时间加上以前的，仍然没有超过两个月。然后他离开，她去厦门码头送他。

他非常伤感，依依不舍，他真的希望她了解，他对她的真诚与体贴，尽管环境不允许他们生活在一起。

他的心已经变得柔软，他请她原谅。曾经，他对她说，要永远生活在一起，不辜负她。情话，他永远记在心里；诺言，他要去实现，而且很快。

现在，我已经牺牲我做番客的美梦，这就是要实现我们的愿望，为我们俩的将来着想，不能有第三者站在我们中间，你该有所选择了。相信我，我不会骗你，我很快就要回来了。

11月17日，在广州，他就要出境了。在宾馆，他写完信，夜凉如水。

那时，她怕是选择了。

1957年6月，他爽约了。

他还在做番客，对她的愧疚也与日俱增。

他感激她一直在信里关心他，鼓励他，等他。同时，还要忍受别人的指指点点。

他开始用您来称呼她，他的信像赞美诗，言语也客气起来。她已经从一个背叛他的人变成他心中的圣女。她形象高大，意志坚定，品性高尚，令人钦佩。他看到了自己的空虚和痛苦、自私和无良，越发自责起来。

他认真地开导她，他们的婚姻是封建旧社会的色彩，他充满时代感地说，要用解决人民内部矛盾的方法来解决他们的婚姻困境。

不能为我空守着宝贵的青春，增加你的痛苦。我不能把你长久地捆在身边，你有你的愿景，追求你希望的目的地，我该让你自由地去争取。旧时代已经过去了，就不要再走老路了。忘了我吧。他说的是真心话，他已经做出了选择。

两个人长时间不见面，总会把彼此淡忘了，但是，真的就此罢手，要知道有多难。

光阴好似流水般流去，流水真是无情，不肯逗留。他幽幽地说，多情自古空余恨。

1957年8月，最后的信。那时，她病了。

光阴真是无情，过得那么快，回忆往事，像做了一场噩梦。他生出许多感慨。

对不起，我对你的诺言已经成了泡影。别再为我牺牲，白白地送掉你的青春。让我给你一切自由，去吧，离开我，忘了吧。他已经毅然决然。

我就要离开香港，要远飞，接信后，不要再来信，我已不在了，忘了我吧。

一桩不幸福的婚姻，从旧世界一直走到新社会，纠结了八年，眼看要踩拍了，却走到了尽头，真令人唏嘘。

如果缘已尽，何必如此？

如果缘未了，何以至此？

他们一定错过了什么，以致白白地耗去了大好的时光。

在美梦和情感间选择，他得到了什么？

努力了那么久，终于可以自由了，她自由了吗？

那些信，被她留了下来，一直到现在。我们不知道，他们以后的故事。

1979年，他仍然有信寄到北门，那里仍然生活着他的亲戚们，不过，往事已经如烟。

三辑：白雪娇的一封信

一、白雪娇的一封信

这是一封一开始就注定要传世的家书。

写信的那个人叫白雪娇，也叫白雪樵。名字和长相一样秀气、文雅。写信时，她是马来亚槟城协和华文学校的教师，正要与机工们一起出发回国。这是临别时留给父母的告别信。这封信登在1939年5月19日槟城《光华日报》上，标题就叫"白雪娇的一封信"。

那时，她已经在海上了。

白雪娇是个情感丰沛的女孩，临别时，应该有很多话要跟父母亲说，她怕说下去，就再也走不动了，就让家书像一道宣言吧，自此义无反顾。

> ……家是我所恋的，双亲弟妹是我所爱的，但破碎的祖国，更是我所怀念热爱的。
>
> 亲爱的双亲，此去虽然千山万水，安危莫卜。但是，以有用之躯，以有用之时间，消耗于安逸与无谓之中，才更令人哀惜不置。……尤其是祖国危难的时候，正是青年人奋发效力的时机。这时候，能亲眼看见祖国决死争斗以及新中国孕育困难，自己能替祖国做点事，就觉得是不曾辜负了。

　　这次去，纯为效劳祖国而去的。虽然在救国建国的大事业中，我的力量简直够不上"沧海一粟"，可是集天下的水滴而汇成大洋，我希望我能在救亡的汪洋中，竭我一滴之力。

　　信写在5月18日，也就是出发那天。乖巧的女儿不愿父母阻拦，化名夏圭，像男孩的名字，报名出征，也是在那天，父母还是知道了消息，也曾试图劝阻，但还是没有违背女儿的心愿。如果和女儿一样年轻，他们也许也会像女儿一样出征。

　　5月19日的《光华日报》槟城要闻以几个版面报道机工出发万众欢送的详情。头条的大标题是"激动侨胞爱国狂热"，副标是"路上歌声与欢送声响遏行云"。另一篇文章是《中华好儿女协和女教员白雪娇亦上前线》。机工们从姓王码头登上庆丰轮，踏上征程。家书在另一版面。醒目的标题，好像是为了八十多年后被人们重新发现。那个年轻的女孩在那一天多么耀眼，那是八百万南洋华侨的情怀绽放出的美丽的花朵。

　　那一天，父亲默默地陪她与送行的人群游行了两个小时，然后在轮船上，从下午两点到六点，父亲陪着她，相对无言。这时候，他能做的也只有这些了。船离港时，白雪娇看到父亲孤零零的一个人站在码头，衬着血红的夕阳，向她挥手。

　　1939年是祖国最艰难的一年。1938年10月，从香港到广州和广西的两条联系国际的通道被切断，自此，中国沿海完全被封锁，战争物资必须通过刚建成的滇缅公路进入国内。那条公路在1月才通车，是二十万人花了一年多的时间，以死亡三千人做代价修起来的。

　　那些年，滇缅公路的黄花一定分外鲜艳。

　　但是，滇缅公路崎岖不平，地势极为恶劣，没有技术熟练的机工是很难顺利走完旅途的。当时的国民政府向南侨总会发出呼吁，招募机工回国参战。这就是著名的"南洋机工"。有三千多人应召回国，这里头有富家子弟，也有平民百姓。国难当头，每个人的责任是一样的。厦门大学的毕业生白雪娇是仅有的四个女性中的一个。如果不是战争，她可能面对另一种人生。

她是槟城富商的女儿，有疼她又开明的父母，愿意她像男孩一样成长，送她去嘉庚先生办的大学念书，让她思想独立，生活也独立。也许有许多仰慕她的人，她年轻、美丽，金丝眼镜后面有动人的眼神。我们也很愿意，照片中的那个女孩能这么一直年轻下去。她有一群喜爱她的学生，喜欢围着她，听她讲故乡美丽的山水、动人的故事。作为家里的长女，她本来可以安逸地过一辈子，在美丽的大宅，开着鲜花的庭院，和她那些一样出身富裕的姐妹，慢慢喝下午茶。父亲的福特车会送她去她想去的地方，财富不会束缚她的想象力。以后，做人妻，做人母，有一个幸福的家，养一大群健康可爱的孩子，过平静的日子。那是所有父母所愿意看到的。

但是，她不愿意在祖国有难时安然待在晒不到太阳的地方，她愿意像男孩一样出征，脱下女孩漂亮的衣裳，换上戎装，跟着长长的车队，满目烽烟，看夕阳如血，像一千多年前的花木兰一样。她知道，救国建国这样的伟大事业，男孩有份，女孩也有份。她没有男孩博取荣耀的野心，她只是沧海一粟，回国，纯粹是为祖国效劳，总有一天，她还要回家，做父母的女儿、孩子们的老师。

白雪娇回国后，并没有被送上前线。既然她肯为国牺牲，为什么不可以做更有益于祖国的事情呢！那些有能力影响她命运的人，一定希望，美丽的南洋花朵，不要暴露在中缅战场上。

后来，她遇到了中共派往重庆做统战工作的代表、国民政府的参政员邓颖超，她听从了邓颖超的建议，进入在成都的齐鲁大学继续学习，她写了许多文章，向南洋的华侨介绍国内抗战的情形，她是人们眼中的巾帼英雄，人们愿意从她那里了解祖国抗战的消息，和她一起感动。那是大家为之奋斗的目标。白雪娇参加了抗日宣传队，从川北一直走到陕西。她用脚去丈量她读过的山川河流，看祖先留下的灿烂的文化，黄土地的沉雄，以及岁月刻下的沟壑一般深深的印痕，并期待有一天能说给她的学生们。那是她一生中最为热血沸腾的时刻。

胜利后，白雪娇回到槟城，去做她父亲的女儿、弟妹们的长姐，使命已经完成，她应该回归生活。她成了一所华文学校的校长。中华人民共和国成立时，她带着老师升起五星红旗，那是槟城升起的第一面新中国国旗。她也因此被当地政府当成嫌疑分子而惨遭禁闭，在1951年被驱逐出境，从此离开她出生的南洋、爱她的父母。

白雪娇回国后在广西师大做老师，并在那里结婚、入党，生儿育女，经历了这个国家以后经历的成功与苦难。她工作的地方，离老家福建安溪有一段不长不短的距离。成为新中国的建设者，正是她梦寐以求的。

许多年后，白雪娇在她的《祖国情思》中写下了这段话："抗日烽火燃烧起来了，我要与祖国患难与共，山河破碎，我的心也碎了。但我充满信心与希望，因为，自古以来，国难兴邦。"

当年与她一起回国的三千多名南洋机工，在战争中死去了一千多人，她活得几乎比所有人都长，她出生于1914年，在2014年去世，和我们现在的时代有交集，那一封感动了无数人的信，仍然在激励着今天的我们。

2019年中秋节前一天，我从一段视频中看到一个与她当年年纪相仿的女孩朗诵当年的那一封告别信，内心感动莫名。好像那是我们自己的故事，温暖而熟悉，抓住她，就像抓住了青春、喷薄的激情、充满理想的年代以及峥嵘往昔。

二、一个叫环的年轻人

环执意回国当兵，船不久要开了。姑妈树写信告诉国内的姐姐浅：劝阻不了，但他只是去接受五个月的集训，然后分发到乡村，去组织民众当武士，抗击日本人，不要伤心。环，大约是浅的儿子，被姑妈照应着，看样子过得挺好。

看着活泼可爱的大男孩要上战场，那个劝姐姐不要伤心的人心里藏着不安。

信，从马尼拉寄往福建晋江南门外十七八檀林乡。随信附上"国币"六十元。看起来是个富裕人家。

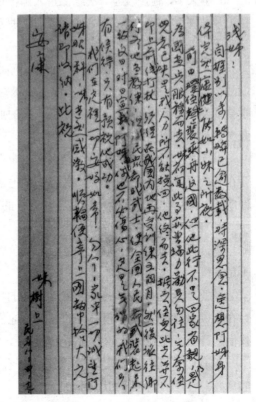

那是1939年4月，战争陷入胶着状态，无数年轻的生命像花朵一样凋谢，从各地征召的士兵，蚁群般地涌向前线，山河破碎，敌人到处都是。

许多年轻人从南洋回国，那是他们的国，他们愿意为她浴血，为她牺牲。几千个机工从南洋回到国内，开着华侨们捐献的汽车，冒着炮火把战争物资源源不断地运往前线，他们中的许多人再也回不了南洋，他们那么年轻、热血，有本事，生活刚开个头，这是一个悲欢离合的故事。

不过，环不是去当司机。

那个叫环的年轻人，这时候生活在马尼拉，应该阳光、爱笑，像许多那时候的年轻人一样，学荷里活（今译好莱坞）大明星John，把衬衫翻在衣领外，喜欢看福建话电影，听上海滩的歌调。他是阿丈（姑父）木厂的勤快伙计。没有人相信，他想上战场。当他年轻，心怀梦想时，战争来了，他出发了，决意像古人那样仗剑天涯。穿上帅气的军装，打上利索的绑带，告别了姑妈，告别了朋友，听从召唤，登船，去赴那场国难。

那一天，阿丈坐在里屋默默抽烟，阿姑（姑妈）在厨房里忙，有点慌乱。行李已经打好，还有谁能留住少年？从今往后，他要只身闯荡，学会躲避呼啸而来的子弹，迎接每一天的血色夕阳，学会了解死亡的意义、袍泽的担当。

八十多年前那个叫环的年轻人，一定会记得依依惜别的辰光，他会在长鸣的汽笛中奋力挥手，海风吹乱他的头发，亲人们的叮嘱将随他成长。此后他的生命会分成两半，无忧的青春和血与火的征程。

那还是大男孩啊，想必爱吃香酥饼，穿背心打篮球，大汗淋漓地喝汽水，开心时大笑。如果不是因为战争，他的手应该去打算盘，而不是拿枪。

从那一天起，父辈的目光将追赶他的步伐，一年，又一年，他们会在断断续续的家书中跟着他的方向，他们会每天着急地在战报中寻找他的身影，看到国土一寸一寸沦丧，又一寸一寸收复。

他有恋人吗？留着长发，大眼睛，好看的面庞，笑声清脆就像唱歌的鸟儿。曾经和他一起相约在马尼拉的黄昏，徜徉在华灯初上的街头。

如果有谁，曾想和他做一辈子的恋人，分别的日子，她一定悲伤，哭得像《梅娘曲》里的梅娘。

"哥哥，你别忘了我呀，我是你亲爱的梅娘，你曾坐在我们家的窗上，嚼着那鲜红的槟榔，我曾经弹着吉他，为你曼声歌唱。当我们在遥远的南洋……"

听那首歌，我们真的很惆怅。

八十多年前，有一个叫环的年轻人，坐船，去赴那场国难。我们不知道，他是否活着离开战场，然后，回到他的南洋。

想握握环的手，说说他的国。

八十多年后，我们在媒体上看见老兵用沧桑的歌声，祭奠他们美好的过往、已逝的荣光、留在从前的伙伴。

环在他们中间吗？

三、家在永春

1938年，真是个悲怆的年份，数百万人在中国的土地上厮杀，军人在流血，平民在流血，空气中充满了血腥味。

上一年的最后一个月，南京陷落，六朝古都毁于一旦，屠杀持续了四十多天，到这一年的2月5日，已经死了三十多万人，亡魂游荡在金陵的瓦砾间，不能回家。接着，徐州会战，从2月打到5月，徐州陷落了。然后是武汉会战，又从6月打到10月，武汉城也陷落了。每一次会战，都有上百万兵士投入战场，死伤数十万。败，败得悲壮；胜，也是惨胜。硝烟，染黑了辽阔的天空，土地在哭泣，但意志不灭。这是中国人不能忘记的世纪之痛。

这一年，中国东南沿海情形恶化到了极点。剩下福建还在中国军队手中。那是个多山的省份，有闽越遗风，百姓自古浮海，人多强悍。4月，福州沦陷了几天又收了回来。5月10日，厦门也失陷了，从此落在日本人手中，直到1945年战争结束。福建沿海，日舰游弋、炮击，九龙江口—闽南人的出洋通道被封锁。对于侨乡，这种情形真是悲摧。

一封女孩绣英的信，在农历七月初七，也就是7月30日从缅甸仰光东吁寄往福建泉州永春蓬壶区，那是她的外祖母林彩际的家。这一天是女儿节，如果是在老家，有女孩的人家，会在夜深人静时，献上最甜美的瓜果，对星空祭拜，求女儿心灵手巧、姻缘美满。

这个时候，距离日本人占领缅甸，还有差不多四年的时间。缅甸，在英国人的控制之下，看起来还算安全。但是，战争的焦虑，已经侵染了生活在这里的华侨。过节的心情，怕是没有了。

那天早上，绣英正要去上学，被母亲叫住。因为母亲想给生活在永春的外祖母和舅舅们说些话，让她也写点什么。绣英的信，是匆匆抄上去的，至于是誊抄自己写的，还是母亲帮忙，不甚了了。

老家泉州，是一座靠海的城市，在宋朝的时候，这里的商人从刺桐港出发，直航波斯湾，和阿拉伯人贸易，输出丝绸瓷器，运回海外香料珍宝，马可波罗说她是亚洲最大的港市，比埃及的亚历山大港还大。指南针、造纸术、印刷术、火药技术，也是在这个时候传到欧洲的，那真是个伟大的时代。刺桐生活着许多皇室贵族和异邦人，出洋谋生则是传统。永春在泉州腹地。去那儿，要经过一大片山和美丽的稻田，然后才能看到那个永远停留在春天的地方。外祖母的家蓬壶，在永春中部，是个有上千年历史的古镇。那镇子，四面群山环抱，中间是一片湖泊，山清水秀，如世外仙境，民风也十分淳良。

在1930年前后，一个南安籍的陈姓军阀占据了这个地方，修建了通往德化的公路。又沿着公路建了许多街市。在两个溪交汇的荒滩，原先有些寂寥，人们建造了三角街骑楼，样式和漳州、泉州、厦门、台湾的一样，那是那个时代最洋气的建筑。一时商贾往来，很兴盛的样子。如果不是战争，这山间的街市，日子想来也很惬意。

绣英的父母从前也许生活在同一个镇子，他们的家，想必距离不会很远。那时候，他们好年轻啊，心里藏着许多美梦。听商人讲外面的事情，各种口音，各种好玩的物件，让人忍不住想飞。桃溪的水凉凉的，赤脚放进水里，让人安静下来，可是人的心，已经跑到山外去了。

绣英大约是在他们离开蓬壶后出生的吧，仰光离蓬壶有长长的一段路。绣英出生时，外祖母想必不在身边，她长什么模样，舅舅们生得什么模样，蓬壶什么模样，大约只能靠母亲一遍遍描述吧，等到绣英稍晓事，母亲就开始让她给外祖母写信，她们也许不曾谋面，情分却靠来往的信一天天厚起来。

那是个实诚本分的孩子，没半点傲娇。她说自己天资迟钝，读了半年书，没有进步。不过，她觉得读书识字是人生最重要的事情。只要尽心勤读，将来必有进步的一天吧。

那时的孩子，没有cosplay，没有电玩，不需要微信。不会和网友没完没了地私聊，追星做粉。回家，就帮母亲做做家务活。

字，生生涩涩的，那个生活在仰光的闽南人的孩子，有点脾气，相信肯卖力，早晚会出息。那些祖祖辈辈外出闯世界的人，不都是这样吗？

父亲，在信里，仅仅两个字，但不是风，吹了就散。家里的生活，他的想法，在信里。有时，我们会忍不住想，那个始终不出声的父亲，长什么样子？靠什么养家？怎么去和女儿说话？世间的烟火气，怎么让女儿茁壮成长？怎么可以让女儿从小信他？知道要读书出息，知道国家多灾多难。他将怎样带着一家人度过战时岁月？他是个目光柔和而有时抑郁的中年人吗？

> 我们和日本抗战已一年多了，自战事发生起，父亲就买了一份报纸，要知道我们国家的情形，我每天放学回家也拿来读读，不懂的地方，请父亲指教，所以对国事也知道一些。日本为什么敢来打我国呢？大概因为我国太弱，所以敢来欺侮。凡事只恨自己不要去恨别人，我国是太不长进了吧？

战火，实在离老家已经很近了，那女孩和远方的祖母，讨论国家的事，她对国事的了解来自父亲的报纸，阅读的习惯，也来自父亲吧。女孩的愤懑里，透着父亲的忧思。那么大的一个国家，年纪比别人长出一大截，军阀们只顾自己互相打仗，外国人欺负到头上来了，也不会还个狠手，这也是太不长进了吧。

十几天后，外祖母在蓬壶老家，忧心忡忡地读完仰光的来信，她的心，想必是发出沉沉的叹息了的。

女孩的心思简净，读书与爱国，是生活的两件头等大事。那两件事，在她成长的过程中，会被证明不是不相干的两件事。那些离开家的人，心里藏着家国。家，要有有见识的人撑着，所以要读书；国，是他们的依靠，所以要守着。女孩的声音清纯，却止不住透出父亲背影的苍凉。

这一年六一，第一本超人漫画在美国出版，那本书，感染了成人和孩子的心，在亚洲，人们也曾期待超人横空出世吗？战火正炽，书，怕是看不到吧。

她的生活世界，快乐的时光，未醒的梦，很快会被呼啸而来的子弹打碎。

女孩的信，夹在母亲员写的家信后面，员知道母亲去年得了喉疾，大约是气管或肺之类的毛病，久治不愈，这对老年人来说真是要命。想来日夜咳嗽，宿寐不安。员想回家探视，但是，战争越打越久，厦门沦陷了，船路断了，福州偶尔也有一两艘船还在走外洋，但战火烧到福建海面，家怕是回不去了。母亲也只有托付给兄弟们、子侄们照料。这真是一件伤心事。但是，员并不知道，战火烧起来了，家书，很快也要寄不回去了。

八十多年前那个叫员的家庭妇女，想来清瘦、话急，像那时候的闽南人，要跟时间较劲似的。闲下来时，爱想在家做女儿时的事，叹息，跟互联网时代的全职太太一样，常常被自己的角色——母亲、妻子、女儿、姐妹、姑姨弄得有点心力交瘁。还好，员看起来是个有见识的人，情绪只藏在文字后面，动荡眼见就要开始了，她仍然有条不紊地商量家事，与母亲兄弟子侄。那是个成年人的世界，时势再难，日子还得过下去。

到1938年年底，整个中国东南沿海，南京、上海、广州、海南、香港，都已经沦陷。中国对外通道基本关闭。永春倒一直在中国人手中，但是仰光，也将在1942年被日本人占领，直到1945年战争结束。她们回家，要等到那以后了。

牵挂，是人世间最幸福和最伤心的事。不知信中的那些人，外祖母、舅舅、表兄弟们，和父亲、母亲、绣英，到那时，是否还好。

她的国，到真的强大起来，还要等多久？

最让人心疼的还是这个女孩，想想那些年发生的事，等她长大，会对她的孩子说说吗？

四、要回家了

胜利了，要回家了。

信写在半张纸上，那纸，像是顺手撕开的学生作业纸，字体生生涩涩，带几个错别字。言语短，好像可以听到急促的呼吸声，相信是喜急之下的语无伦次。

信发出的时间应该是1945年，农历八月十四，公历9月19日。第二天就是中秋节了。马尼拉依然天气炎热。黄秀仪从柔佛巴鲁（新山）向老家的三叔母发出这封信。战争刚结束，邮传慢得像牛，四十三天后，即11月2日才抵达永春，被送到太平水磨四区叔母厝，怕还有些时日。那时，永春内山开始有些凉了。

日本人已经在8月15日宣布投降了，英军等到9月4日才登陆，就是信发出前半个月。对于英军来说，这算是一次光荣的回归。从1942年丢掉这个殖民地以来，十几万军人待在日本人的战俘营里直到战争结束，许多人没能等到回家。马来亚沦陷对于骄傲的英国人来说真是耻辱。但是谁能阻止一个老帝国流星般陨落呢？等到前驻军最高首领珀西瓦尔从战俘营走出来，体面地接受老对手山下奉文的投降，世界已经不是早先的样子了。

对于永春的黄秀仪来说，她想做的头一件事，就是回家。

"重见天日了"，她在信中说。

那时，马来亚的天空，每一寸都写着狂喜。人们的心好像喝了酒，飞得老高，高到可以一眼看到海对面的北方大陆。街头挤满狂欢的人，跳舞、唱歌，原先憋着的气，终于可以吐出来了，丑陋的太阳旗看不见了。人们曾经那么小心地生活，小心到忘了自己是谁，像蝼蚁，在别人的脚下小心地数着自己的呼吸，好让噩运不要像巨人的脚步，劈头盖脸地压下来。

所有人好像都松了口气，阳光，这么美好，好到让人想回唐山，见面总有人在问，回家了吗？已经有人在收拾行囊，漫卷诗书啊，听说通往福建的船就要开航了。

自太平洋战争以来，四年了，家里断了音讯，人们生活在恐怖中，武士军刀，掠起的冷光，好像昨夜的噩梦，醒了，溅出的血花还留在梦里，腥气在，刺眼的颜色也在。现在，谢天谢地，我们活了下来，真的活了下来，别挂念，我们竟然好好的。黄秀仪在信中梦呓般地说。

仿佛是对四年噩梦的补偿，从9月17日到10月18日，整整一个月，往来批信，邮资免费。亲人们的问候，一定奔涌而出，飞向大陆、岛屿，飞向各个角落。那是被封闭了四年的情绪的一次淋漓尽致的迸发。

要回祖国了，要回家了，无数人在信里说。

已经好多年没有说的话，只能在梦里，一遍一遍地说，说着说着，泪水哗哗流了出来，把枕头弄得湿湿的。

三淑母大人：

敬禀者自從馬來更受日本統治已有四年了闊於信件完全沒來往非常掛念。但在这四年内受日本統治的罪役都完全不了都真完全請您勿念現已日本失敗投降重見天日了回治在这裡很好請你在和平時勿來南洋不久船輪通行我每早周往来委回祖国。又振诚他们好嗎？姑母嗎好？請您順还通知他们。現在别的話等以伙再談吧。

　　　　　　　　　祝您身体康健

　　　　　　　　　　姪黄秀权書

　　　哈：24/8/35..
　　　　　　　　1945.

四年时间，真的好长，所有人都好吗？年迈的父母，老毛病还犯吗？在家的哥嫂，多了白发吗？孩子们，成婚了吗？大哥家的孙子，上次见面，还在牙牙学语，现在该到处跑了吧。老屋漏雨吗？村口李家的水田说要卖，现在还肯卖吗？

人们小心翼翼地询问，像是害怕问出令人担忧的消息，四年的时间好长啊，许多的生离死别，就在这四年时间。

叔父好吗？姑妈好吗？黄秀仪在信中问。

明天就是中秋了，依稀记得，三叔母新婚，姑姑待嫁，祖父母尚在，年轻的父母，从外面回家，披了银一样的月光，家人围坐，在院子里喝茶、看月，说月娘的故事，唱《月光光》。夜深，不散，盼人长久。如今，家人四散，水磨中秋凉如水吗？

你们先别来，她怎么知道家那边也急着要来了？母亲已经等不及要回去了，秀仪说。这几年，母亲一遍一遍地念叨，老家的房子，亲人们相处的时光，反反复复，浅浅笑，静静哭，国治会和她一起回去。国治是谁？先生？兄弟？子侄？总归是熬过了战争，相亲相爱的人吧，父亲没有在信里出现，大约不在了吧。

我们不知道，水磨的三叔母最后看到这封信了吗？她也曾经泪眼婆娑地等待一家人重逢的时光吗，像柔佛那边的那样？

这封信到水磨后第二年，内战爆发了，待尘埃落定，又是四年。

黄秀仪的母亲后来回了永春了吗？

回家的路啊，有时很长，长到一走就是一生。

随时可以回家，如今天的我们，能了解这真的是一种幸福吗？

五、一个劫后余生者的家书

那个劫后余生的人，叫郑勋，他给生活在晋江永宁中街的姐姐祝治写了封信，时间是11月3日，距盟军在密苏里号战舰举行受降仪式已经过了两个月。

这时段，世界有短暂的和平，生活也平静了下来。写信时，郑勋身边的许多人已经凋零，因为和游击队有过牵扯，以致一路逃亡，几经凶险，他向他的姐姐描述三年前发生的事情，因为知道姐姐想听。内容几处读起来有点吃力，想是情绪起了波澜。

那一天，是1941年12月9日，一大早，许多人还在睡梦里，日机开始轰炸马尼拉，空袭警报响了，人们还没缓过神来，炸弹已经飞卵似的倾泻而下，马尼拉几处起火。人们仓皇奔逃，一些房子倒塌了，不时传来惊叫和呻吟声。在惊恐中过了一天，日军进城了。除了零星几声枪响，没遇到什么抵抗。在看到无力回天后，马尼拉几天前已被美军宣布为不设防城市。在上个月的26日，日本海军袭击了珍珠港，美国在太平洋的军事存在一下子变得无足轻重。

郑勋生活的怡郎府，在班乃岛东端，是大航海时代形成的国际港市，经济还算繁荣。这时人心惶惶。1942年的4月12日，日军从海面登陆，在此之前，局势已经混乱。郑勋的木寮和岳父的金店被洗劫一空，当地华人也基本是这样，好在两天前，郑勖和岳父已经逃到山里，那地方叫山尘，远离城市，战火一时烧不到那儿，想来可以躲几天再做打算。待了五六个月，靠制作烟卷糖果挣点钱，日子竟也熬了过来。游击队也来到这里。日本人占领怡郎府时，他们活跃了一阵子，现在有点吃力。9月，日军追了过来。接着就是一阵屠杀，真是人间惨状。他们一路杀向山尘，逢人便杀，逢厝便烧，有一处甘蔗园，是华人的产业，八十四个男女老少被杀，尸体躺了一地，真是凄惨。老天保佑，日军在一座山头前停下脚步，或者，他们杀累了，没有再进入郑勖住的村子，那一天是9月10日，这个日子，真该记住，郑勖幸运地躲过一劫。不过，许多人就没那么幸运了。两周时间，当地华人死了一百来人，菲律宾人死了三万六千人，那个惨状，没法说，梦里都是血腥气。一些在郑勖逃难时帮过他的人死了。或许，前一天，他们还一起喝过土酒，聊过天，光屁股的孩子还在他脚边玩耍。现在，再也看不到他们了。

郑勖只好又逃到更深的大山林，那地方，巨木参天，不见日光，蚊虫滋生，如入鬼道。这样，又挺了两个月。人的生存欲望强得令人意外。刚要喘口气，危险又来了。12月22日，郑勖岳父家的亲友也来到这里，带来了消息说，有菲奸密报日军，郑勖和岳父与游击队关系密切，这倒是真的。报复马上要来了。日本人对反抗者向来凶残，不合作的侨领，落入他们的手里，重者灭族，轻者拘役。他们往往当着赴死者的面，杀光他们的子女，再杀他们。子女再多，也是如此。

恐惧像大森林里的雾气冷冷地粘在身上，只能继续逃亡了，追杀者的脚步越来越近，大山林待不住了。

12月28日，郑勖与岳父、内弟和儿子坐小帆船逃出班乃岛，在海中漂了三天，到了一个叫奚雁智的海中孤岛，那是华人的渔区，人烟少，看起来外人不多，避难，倒也合适。才两天，小儿子显祖就得了惊风，这毛病一般都发生在幼儿身上，想是逃亡途中受了惊吓，极凶险。还好当地华人有药可治，才没闹出人命，却也折腾了三个礼拜。年纪小小就跟着大人颠沛流离，真是可怜。逃难时得了人家恩惠，这辈子不知能不能报。

接下来那一段，字迹有点逼仄，似词不达意，想是最悲伤的部分。大约是，迫于生活压力，郑勖跑到马尼拉探看了一下那里的情形，看有没有活路。临行前他和岳父约定，回来后就去大陆接岳母，这样，一家人好歹能互相照料，生死有命，求个平安吧。但不知道什么原因，几天后郑勋回岛，岳父和舅子已经先行离开。大概是等不及了。没想到自此杳无音信。兵荒马乱的，郑勋心里知道不妙了。那真是令人心焦的日子，每逢大陆有小船来，郑勋总是悄悄跑去探问，希望有好消息。两个月后，消息真来了，却是噩耗。岳父一家九人在来的路上被日本人杀了，连六岁的幼女也没放过。带在身上的细软也被抢光了。真是命大，郑勋又躲过了一劫。此后，他怕是再也不肯离开那座岛了。

郑勋一家的逃亡路，真是坎坷，从城市，到山村，从山村，到森林，最后落脚孤岛。一些亲人在逃亡路上不在了。

写这封信时，郑勋仍然生活在岛上。他们悄无声息地过了后面那段时光，日本人好像也没追踪到岛上。那地方不是世外桃源，但对于大难不死的人来说，已经是个打着灯笼都难找的避难所。

现在，郑勋和他的两个儿子显宗、显祖及女儿生活在一起，他特别提到女儿叫美丽，看样子是在逃难时生的。妻子自然也在一起。他说，明年二三月间，他大约会带一家人回国看看。的确，离家也太久了。

战争带来的苦难，说起来不过一页纸，纸里的人，一半已经阴阳两隔了。

活着的，就彼此珍惜，好好活着吧！

六、新生活眼看就要开始了

　　他们已经四年没有通音信了，再往前，又有几年没见面，这一次分离，时间真够长的。

　　所以，战争一结束，天保就急着往家寄信寄钱，像四年前一样。但是，家里没有回信。

　　这些年，发生了许多事情，有些人不知道战争什么时候结束，又结婚了，许多人死了，更多的人破产了，现在，每个人都要面对新的生活。

　　战前，他们家是富裕的，他每个月单为战争捐款就有三四十元，这还不包括家里捐的。现在，这样的日子还回得去吗？

　　那时，男人在外，但凡有了能耐，都会把家撑起来。这几年，家里突然断了供，怕不好了。女人靠什么持家？孩子们还念书不？欠债了没有？

　　他们的家，曾经温馨、美好，妻子贤惠，孩子听话，父亲不在家，家也妥妥的。天保想念他们，常常想到妻子美好的背影、温婉的表情，孩子们聪慧的眼，为了这些，他在外受的所有的苦都值得。

　　6月，美军占领了马尼拉，他通过交通银行电汇了七万元。但是，战争还在继续，钱，大约到不了家。天保也是抱着试试看的心态。福建倒在国民政府手中，不过，日本人投降是在两个月以后，现在邮路还未通，真让人着急。希望遥遥无期的时候，可以等。希望眼看要实现了，心，等不下去了。

这一场全球性战争，几十亿人被卷入其中，交通断绝，满目疮痍，天保好像已经习惯了这一切。在被占领的土地，他想办法让自己活了下来，照常营生，要每日担惊受怕，眼神警觉，家里人在等着他，不能倒下，家，要他用生命来担。

蔡天保是个有见识的人，他知道他只是芸芸众生中的一个，灾难来临时，他没有慌张，他知道，全世界都这样，这使他变得坦然。至少，他可以在信中平静地说这一切，就几句话。

他想念他的妻子，夜不能寐，想他们朝夕相处的时光，执手相看时的西窗明月；她的低眉浅笑，脉脉含情；想可爱的孩子，干净的家，散发出香气的饭。枕边似乎还留着许多年前女人头发的香，轻轻地呼吸。

有那么长的时间，这一切，都是在夜深人静时走入梦中，在黎明前破碎。

妻子是怎么度过这四年的，她还好吗？

还好，战争发生时，最亲近的人都不在马尼拉，他可以不为他们提心吊胆。

1945年3月，马尼拉真是人间地狱，对美军首领麦克阿瑟来说，那是他必须一雪耻辱的战斗，数万人的围城，生命对峙，绝望，让人疯狂。此前，日军首领山下奉文知道胜利无望，下令撤离，像几年前美军离开时那样。但是，当地驻军首领不肯那么做。于是，这个有100万人口和无数易着火木屋的城市陷入空前灾难。

尽管美军的攻击禁止使用炮火，但是，一个多月的巷战，逐街逐巷的争夺，让马尼拉成了一场炼狱。数个世纪前建成的石墙、地下水道、圣卢西亚兵营、圣地亚哥大教堂和城边山谷，都成了厮杀的战场。最后的抵抗发生在财政部大楼，这个地方很快在炮火中化为废墟。一万六千名日军死了，美军伤亡了六千多人。不幸的是，留在城中的七十万平民，死了十几万人，有人说更多。这个数字超过原子弹落在广岛、长崎所造成的伤亡。战后，马尼拉一片瓦砾。

蔡天保幸运地活了下来，没有听到呼天抢地的诅咒，我们不知道他经历了哪些，在如林的枪杆、如雨的子弹里。在信里，那场惨剧，不过是轻描淡写几句话："美军光复埠市，华侨生命财产损失不可胜数。余幸托天祐，藉（借）获安全，堪庆幸。"

　　读他的信，我好像看见马尼拉的血色夕阳就这样挂在1945年3月，直到蔡天保成为满鬓苍苍的老人。

　　军人们欢呼胜利，世界走向和平，十几万冤魂还在街头飘。我们不知道，那里头有多少华人。

　　蔡天保从废墟中站起来的时候，就知道，这一生要好好活，替那些死去的。生活，支离破碎；人生，却是完整的。人在，家在，妻儿在。

　　他急急忙忙问妻子，家里有没有欠别人的钱，希望快点告诉我，好让我有所准备。

　　读这封信时，我好像松了口气。他活了下来，没有离开马尼拉，还能往家里头寄钱，这是好兆头，一切会好起来的。新的生活马上要开始了，妻子也许不久也要来信了。

　　那些在战争中活下来的人，都会像他那样吗？

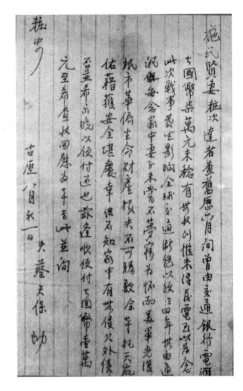

四辑：祖国近来有雨水吗

一、祖国近来有雨水吗

七月十五，中元节。

秋天来了，夜里，大火星缓缓地向西方流去，蟋蟀的叫声明亮起来。

若干农作物开始成熟，按例，民间要祭祖，用新鲜的稻米，向祖先报告秋成。

天阴晴不定的，雨水多了。

大自然阴阳消长，季节在变化中，人们的身体和情绪也跟着敏感起来。

整整一个月，人们邀约、宴饮，祭祖先、祀亡魂。河上，明晃晃的水灯，缓缓地流着，照亮了阴界阳间的路。

自离家南渡，瞬眼倏忽，已经过了几个秋天。

唐山故人，无时不萦绕于梦寐也，王金春悠悠地说。

"吾爱，堂上祖先祭祀、家中诸务、子女教养都靠你。"王金春深情款款，好像看到妻子江氏温柔的眼睛，内心感激莫名。

那是一对恩爱夫妻。丈夫为了生计，背离乡井，留下妻子和孩子们，天生、炳明、银椒都还小，在梦里，他经常听到他们的笑声，看到离别时妻子不舍、依依。他们生活的老厝，厝前的旷地，也在梦里。念念，春天的时候，开着花，秋天的时候，结了果。

那是多么快乐的时光啊，可以吃到妻子烹煮的饭菜，穿着妻子洗得干干净净的衣衫，孩子们绕在膝下，兄弟们常来常往。

现在，四弟妇还在咱乡里吗，还是住到外家（娘家）去了？希望你能来信告诉我。

我们不知道，四弟四弟妇发生了什么。

王金春在7月16日给江氏写了一封信，秋风吹，思乡起。

他的家乡，有他温暖的挂记，祖先，是他生命的源起；孩子们，是他未来的延续。妻子，是他与这一切的联系。

这一年年底，太平洋战争爆发，第二年新正那一天，日军占领新加坡，那家人失去了联系。

五年后，又是一个中元节。

战争在前一年的中元节结束了。

这期间，发生了什么？不知两边的人是怎么过的，侨汇断了，老屋破了，幸运的是，一家人都平安地熬过了战争。

那么多的家庭在经历生离死别以后，一定会更加彼此珍惜。

17日那天，王金春给卓歧家里写了封信，信，直接写给儿子炳明。时隔五年，儿子已经成人了。他的母亲，长出白发了吧？

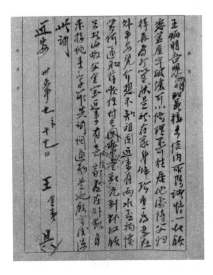
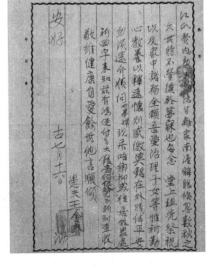

屋子破了可以维修，家，不能搬。等父亲回来再做打算。金春对

儿子说。

　　父亲联系上了，日子松了，母亲的笑意柔软了，年轻人向往快乐的生活，喜欢宽敞明亮的住宅，就像他们喜欢时髦的新衣衫。但是，那是几代人生活过的地方，王家的根本，他回来，不能找不到家门，看不到熟悉的事物，找不回那些时光。

　　七月，天又开始凉了，若干农作物又收成了，夜空里的大火星又缓缓地向西流去，蟋蟀的叫声又明亮起来。

　　祖国近来有雨水吗？王金春问儿子。雨水，是有祖国的。

　　他听见雨点打在家乡的农作物上窸窸窣窣的声音了吧！

二、无时不思念家乡也

那封信弥散着感伤。

他们认为他们生活的地方是外地，尽管他们兄弟在那儿已经二十几年。南洋，不过是他们谋生的地方。

哥哥清源带着弟弟清池和外甥文场在南洋，母亲在老家后柯，父亲已逝，那是光绪三十二年（1906年），他们的状况不太好。

他们谋生的地方应该是在马来亚的某个城市，家乡没有直达的船班，出一趟门，非常折腾。四年前清池第一次出洋时，从厦门港启程，经汕头到叨——应该是新加坡，花去十日左右，然后再往屿，再往图西，再往吧双，最后到宜揽，可能是哥哥生活的城市，头尾花掉二十日左右，中间每经一个码头都要停留几天等待船期。出发时他乘的是一艘叫丰茂号的大轮船，以后不断换乘船只。要知道，他们可不是有闲在海上悠游的阔佬，他们是去打拼的，身无长物，只盼着快点到岸，找到头路，好向家里寄钱。

清源对母亲怀着深深的内疚。每一次给家里写信，落款都自称不孝儿。年老，多病，一个人孤零零在家，虽然有女儿，但都已出嫁，照顾母亲到底不方便。

他离家已经许多年了，我们现在还能看到的家书是在光绪十九年

（1893年），那时，他年轻，父亲健在，弟弟还小，他可以放心在外，挣钱供养父母，让弟弟上学，顺带照应下其他家人。中间他回家娶了亲。然后，哥哥带走弟弟，舅舅带走外甥，总有一天，外甥还会带走外甥。他还有若干个叔伯、姑姑，时常在信里提及，是亲缘挺好的一家子。在南洋十来年，他的生理好像没多大起色，家人却寥落了。

一定又是母亲的来信，撩动他的心思。总是这样，一次次地问起，什么时候回家？他的眼里，满是母亲的白发，寂寞的眼神，这令他暖心又不堪。少小离家，老大了能回几趟？到如今，父亡了母老了，外甥们成人了，母亲在家的那一头，自己在南洋的这一头，辗辗转转的船路，就像曲曲折折的人生，他想回，还能回吗？

"儿兄弟自托身异国，无时不念家乡也。但未能在家奉伺甘旨，自知有不孝之大罪也。祈望慈亲在堂早晚加饭增衣，珍重玉体为要，使儿之罪方可稍消矣。"好古风的一段表白，让人想到那两个远方的儿子，在恭恭敬敬地长揖，泪目。

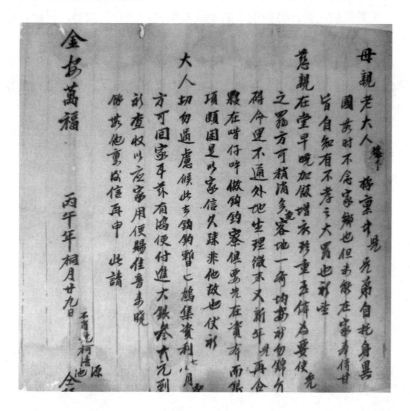

也怪命理不通，在外地这么多年，生理老是不好。年初，兄弟俩又和人在昔仔呼做钩钓寮，先行投了一大笔钱，手头很紧，心思都在生理上，觉怕都睡不安宁，也就没给家里写信了。

"没别的原因，母亲，别为儿子担心。"他们安慰道。天晓得他们是不是正担心得要命。不多的身家都在里头了，眼巴巴地盼着回本呢。现在是三月，到七八月，可以收点资利，那时，儿子们就可以回家。

等到了七八月，兄弟俩真的就可以回家看母亲了吗？

往后一百天，母亲是掐着手指算过来的吗？

南洋两兄弟，在信里透露着自己的疲惫与努力，出去路长，没想到回家的路更长。许多人会这样挣扎一辈子，回家的路，也就这样望了一辈子。人间世，能把亲情隔开的，有时是海水，有时是离乱，有时，仅仅是一次缺钱，人们就回不来家了。

可是，谁不是一边想放弃，一边咬牙努力？

想那柯家的兄弟，这时一定眼神悲伤，守着他们的钩钓寮，三月的风吹着他们的脸，凉凉的。隔着大片的光阴，今天我等，只能远远地说，会好的，加油。

光绪三十二年（1906年），一个新旧交替的年份，柯家兄弟的唐山，革命党和保皇党在报纸上争执不休，朝廷说要立宪了，地方上办了新式学校和工厂，国家做出努力要富强的样子。

但愿真有一天，他们的国家，能让他的子民，父母在的，不流落他乡；流落他乡的，可以随时回家。

三、祖国乡情时在梦中

我对杨南清的了解从他人生的后半截猝然开始，六十四岁起头，七十三岁还在继续。之前的信息全无，他出现时，人已垂暮，往事不可追述。灰白的头发，醒目地占据着画面，他向你讲述寻常生活的琐碎，你还原不了他的生活，但看到了他的人生的末梢，他的亲人、乡关、没有实现的愿望，叹息。

祖国乡情时在梦中。他在信中说。

两张薄薄的家书，中间隔了九年，细若蚊足的字迹，大片留白的人生。

他有不完整的生活，到老，游离于家庭生活之外，有点形孤影只。他又有完整的生命，丈夫、父亲、祖父、兄弟，一样不缺。祖国，则在心里。

1978年，国内的生活开始变暖。

杨南清在仰光已经生活了许多年，梦中，常常见到祖国和家乡，自然，还有妻子、儿孙。他们生活在厦门郊区的东孚后柯。那时，已经可以航空邮寄了，家里发生的事，知道得很快。

六十四岁，放到今天，应该在公园里，穿着丝质练功服，拿着宝剑，跟着音乐，认真地比画一些好看的姿势，背后，是暖暖的阳光。

但是，他此时生活在仰光，距离妻儿上千公里，不回家，说明还在做事，妻子不在身边，他得为自己准备一日三餐，一个人吃饭。他的儿子庆已经成人，他还有孙儿，天伦之乐，却是遥远的。

他的身体大不如前，有时要吃药，吃药时，一定很想家。

1978年的仰光，并不是一个发达的城市，但有漂亮的金塔和平和的生活。在殖民地时期，她是英国人的地盘，许多华人，从国内，或者海峡殖民地来到这个地方。渐渐地在这里落地生根。英国人走的时候，据说还有上万华人在这里生活。唐人街有点萧条，中式建筑带着飞檐，那是闽粤人的痕迹，是他们的乡愁。生活在那里的人，有一天会陆陆续续离开，留下讲福建话广东话的老人，抽纸烟，说从前的事，被街上的车铃声惊起。街的色彩开始暗淡，像其他城市的一样。那些年，东南亚的一些国家，如新马泰，借着全球经济，快速崛起。有些，则保持原先的模样。

他为什么愿意待在那儿？六十四岁，有点累，不愿意走了？他一定在很年轻的时候就已经在那儿了，并且有自己认为不能放弃的事在做吧。如果够年轻，他是不是要去一个更让人兴奋的地方？如果够老，他是不是要回到妻儿那儿？

这个年纪，开始面对生死，日薄西山，炉火快熄了，欲望淡淡的，亲情像家乡的米酒，喝过了，还想喝。

住在漳州的三姐石莲的儿子威铭五一节结婚了，这是一场亲人们的聚会，许多平日不能相见的都会见到，人们互相问候，向不能来的人致意。妻子惠珠和二嫂也一起去参加他们的婚礼，三姐很欣慰，写信告诉他，他也很高兴。从海边的东孚到平原的漳州，是要计划好的，坐两个多小时的车，马齿沙铺的路，客车摇摇晃晃，咯吱乱响，风尘仆仆的，走那么远的路去看亲戚，是古意，不可少的。

大姑丈去世了，应该也在仰光吧，他写信回家，被儿子庆误传，竟成了大姐去世，儿子好歹识几个字吧，弄得大家一时悲一时喜的。大姐看样子也是在仰光吧？他们多少年没见了？

亲人们越来越重要，往往是年轻时各奔东西，中年时埋头养家，老了，从前的事，会一点一滴收拾起来，像早晨的花，到了晚上，黄了，却那么美好。

他的姐妹们，大姐、二姐、三姐，都在，虽然天各一方，却彼此记挂，多么好。她们曾那么年轻，有过快乐相处的在家的日子。孩子们长大了，成家了，心，总可以放一放了吧。他们也曾像一只只鸟儿，成天叽叽喳喳。一转眼，成了父母年轻时的样子。

杨南清的心里落满了暮气，两瓶补药托妥当的人送给妻子，千里迢迢，他能做的也只有这些，力不从心的苦恼，其实也时时困扰着他。信送出去后，他就盼着家里来信，仿佛那两瓶小小的补药，能给远方的妻子一个短短的春天，让她眼不花，气不喘。

他们是怎样的一对夫妻啊，白头偕老，却不能朝夕相处；约定一生，却不能共同生活。仿佛是上辈子的债，这辈子的缘，不离不弃，却不能彼此厮守。

人生几何？他自语。

夫复何言！他叹道。

唯默祝上苍保佑你我，高年总有一日可以相聚。他说。

1978年，杨南清的祖国发生了许多大事情。

日子还挺难，可是，有的是希望。我们现在看到的中央电视台《新闻联播》在元旦开播了，知青们开始返城，安徽的小岗村开始了影响中国的改革，年底，中美发表《联合公报》，然后，党的十一届三中全会召开了。

在经历漫长的封闭之后，终于开放了。人们忽然看到久违的外部世界，视野敞亮起来，生活会富裕，这是杨南清当年离家时想要的。

生活在仰光的杨南清，嗅到祖国飘来的春天的气息了吗？

1987年，杨南清的家书还在继续。那时，他已经七十三岁了。兄弟姐妹，二姐、三姐还在，妻子还在后柯，孙女已经能给他写信了。家里人和漳州的二姐，保持着联系，这是他念念不忘的。

两年前，东孚不远的地方修了国际机场，以后，厦门和漳州通了高速公路，一种俗称"大哥大"的移动通信设备成了富人的标配，一些年后，它和互联网一起成了百姓日常。

家书很快成为历史。只有像他们这样年纪的人才肯在上面费心。时光像越来越好的路，越来越漂亮的车，你看到了，却一闪而过。

常想杨南清年轻时的样子，他也曾像那些即将远行的人那样意气风发过吗？他知道后面等着他的日子吗？他当年登船的地方，已变成现代化的空港、码头，连接世界各地，包括他的仰光。如果有一天，他出现在熙熙攘攘的过客中，像他身边的人一样年轻。他还会说，是的，我知道。

可是，你确定你记住了所发生的一切吗？

四、去向祖先献上吉祥的灯火

去向祖先献上吉祥的灯火，还有飘着葱香的油饭。哥哥叶水印交代弟弟泽官说。

1913年1月17日，信从仰光寄往福建同安西门外莲花山莲山头坝企社。

在信里，水印告诉泽官说，他妻子在初十中午十二点半生了一个男孩。那可是头一个男孩啊，水印的心快活得要飞，赶着把这喜讯告诉弟弟，蜡梅开来，喜鹊叫了，感谢祖公，水印有后了。

那个孩子，薄薄的肌肤泛着粉红色光，让满屋子吉祥。他攥紧小拳、哭声洪亮，好像急不可耐地来到人间。水印一定很想举起那孩子，对所有人说，看，这是水印的儿子，他将平安、健康地长大，有朝一日，娶妻生子，继承姓氏和家业，做一个幸福的人。

这些年，漂泊在外，兢兢业业，唯传宗接代之事不敢忘。水印认真地交代弟弟，从接到信那天起，一定要牢牢记在心里，再过一个月，就是正月十五了，到那一天，一定要到祖厝，给生活在那里的祖先献上温暖的灯火，让灯火从白天一直亮到晚上，从太阳初升一直亮到圆月挂在天上；要在油饭里加满猪肉、香菇和干贝，让祖宗的嘴里满是甘美的味道。千万别让新春的欢喜误了他托付的大事。

老家的言语，灯与丁谐音，正月十五，新婚夫妇要到祖厝点灯，祈求早生贵子。添丁的家庭，也要到祖厝点灯，感谢祖先的护佑，让新生儿平平安安，长大成人。

哥哥想把这男孩过继给弟弟，过房是闽南习俗，新生的男孩金贵，为了让他一生一世平安吉祥，往

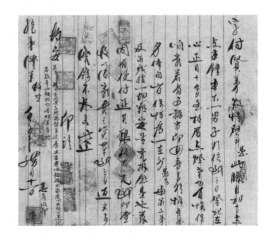

往一出生就寄名给神明，或至亲，比如叔伯、舅舅做契子，希望神界的力量、人间的气息，罩着男孩一生一世。仪式是要有的，供奉不息的灯火和飘着葱香的油饭，让温暖缠在祖先的心间，香气绕在祖先的鼻腔，男孩的一生一定明明亮亮。

儿子的叔叔，也就是水印的弟弟要穿上体面的衣衫，带上可心的礼物，替哥哥去告诉外公外婆家。他们的女儿、泽官的嫂嫂为叶家生了儿子。外公外婆和舅舅们一定会欢天喜地准备白银打制的长命锁和吉祥的礼物，为新生儿祝福。还要去禀报莲风岩祖公，让他们的心和水印一起欢喜，一起护佑初生的婴孩，一起为男孩祈祷。

一个婴儿的诞生，牵动天地人神的关系，留在家里的弟弟，祖厝里的祖先，外公外婆家，莲风岩祖公。让婴儿领受他们的祝福，这是多么美好的天伦与人伦。

那信，字体飘逸俊秀，让人觉得，幸福是一只天上飞的吉祥鸟。十四个吉祥图章，把朱红布满方寸间，像是雀跃的心，要跳出纸面。美好的腊月一过，春天就要来了，日子会越来越好。

信封，同样布满了吉祥图章，一样的朱红。这一天，水印在仰光的家一定被喜气充满，那喜气，也会很快传到老家那边。水印要把这喜气，传给他的弟弟，传给所有与他有关的人，所以，信封的背面，那个幸福的父亲写上"接手生香"。

领受那么多人的祝福，男孩，你一定要好。

五、牙医黄少华的家庭略志

六十六岁，再过四年，就是古稀了。那个年代，这样的年纪，算是长寿。人，已不由自主地要回看自己了。

缅甸丹老埠土瓦社尾街的黄华升补牙所的主人黄少华给老家泉州安海的颜遇叠、黄金针夫妇去了一封信，信里有一张全家照。收信人大约是他的侄女、侄女婿。

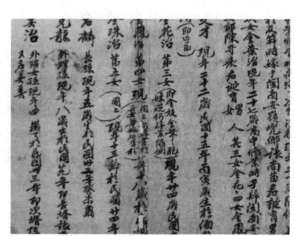

1948年2月4日，中国的农历新年要到了，黄少华一定很想家，离开家有四十几年了，当年那个叫福煎的少年，背个小小的行囊，里面装几件母亲为他准备的衣裳，跟人上了船，就这样去了异邦。从此，家乡越离越远，记忆里，许多事都忘了。是的，他现在叫黄少华，丹老埠土瓦社尾街黄华升补牙所的老板，七个孩子的父亲，三个小孩的祖父。安海那边，还有人记得福煎这个名字吗？如果有，都是和他一样年纪的吧。

那一天，也许是个晴朗的午后吧，黄少华把孩子们叫在一起，一家三代，十几个人，请照相馆的师傅拍了张照。出门时，他们穿上最好的衣裳，女孩的裙子时尚又漂亮。他们仔细梳理了头发，男人们也许认真地打了发蜡，在镜头前，那一群仔细修饰过的大人小孩、男人女人，整齐地排列，神圣而有仪式感，20世纪30年代的经典拍照表情，有让人误以为很酷的距离感。现在，人们把那样拍出来的照片叫全家福，照片里的人，常常笑成一朵花。

我们想象那一家人的样子，照片已经失落在时光里，但那封信却奇迹般地留了下来，我们通过已经发黄却完好如初的信，去和七十年前的那家人建立精神上的联系，那是一件多么有趣的事。

六十六岁的祖父一定是危襟正坐在中间，嘴角似乎应该留着不易察觉的笑意，那是藏着小满足的痕迹。孩子们围绕着他，脸色拘谨得好像有点刻意，也许那就是那个年代最酷的表情，好像告诉人们，你看，这是一个多么和睦、长幼有序的家庭。

在远离父母的地方，娶妻生子，落地生根，一走就是四十几年，一头扎进浩瀚的日常生活，家，几乎不回了；年，是年年要过的。说话的口音说不定都有点变了。孩子们说的，却一定还是福建话。

黄少华用"略志"这样的隆重表述，逐一说相片中的家人。好像要把生命中最重要的名字，带回家，让那些也许不曾谋面的亲人们知道，这就是黄少华的一家，已经开枝散叶，祖孙三代，他们仍然是大家庭的一员，写家谱时，别忘了带上他们。

黄少华清楚地记得，他的出生时间，清光绪八年（1882年）壬午岁农历桂月（八月）二十八日吉时。

那是个秋高气爽的时节。皇帝年少，大臣们说要奋发图强，国家疲惫不堪，但做出很努力的样子。家乡的许多人都出洋了。眼界已经打开，乡土困不住他们，人们跟着世界性人口流动，这情形，现在看来，真是气势磅礴。

这个时代，是要出大人物、大事情的。光绪八年（1882年）发生了一些影响后来的变故，清帝国已经老朽，却取得朝鲜的治外法权，并与法国签订越南事务条约；美国通过排华法案；德、意、奥三国同盟建立，世界动荡。这一年出生了许多孩子，比如宋教仁、蔡锷、冯玉祥、邵立子、马寅初，还有美国的罗斯福。福煎碰巧只是那年出世的极普通的孩子，日后长大，他关心的也许只是生儿育女、传承家业、柴米油盐、挣钱养家，但他被时代的潮流裹挟着，竟也远离故乡，在一个今天的许多人听起来十分陌生的地方，为人补牙，买卖土产，种植橡胶。寻常人生，却也是世界经济的一粒尘埃。他恍惚时，会以为丹老埠的日光和闽南的没什么两样，它们投在老墙上的斑驳的影子也是。

少年爱做梦，他跟人去了暹罗的通扣埠。暹罗就是现在的泰国，曾经是中国的藩属，向皇朝朝贡，与唐人贸易，礼待唐人。闽粤人很早就去了那地方，几百年前，有针路连接闽南。华人愿意把丝绸、瓷器和各种手工艺品送到那里，带回大米、乌木，他们在那里采矿、收燕窝、做商人，许多人成了王室贵族、官员、包税人、王家船长。他们与王室有不错的关系，像1999年在美国上演的电影《安娜与国王》，那个真实版的英国女教师安娜·欧诺文，据说就是通过华人血统的廷臣引入宫廷的。

通扣埠在南部普吉岛，普吉岛现在是一个充满浪漫风情的旅游胜地，供人挥霍时光，享受俗世的快乐。当日，则正在从南岛语族的世外桃源变成吸引外界目光的人间世界，一个重要国际港市，临安达曼海，产锡，矿主和冶坊主多是闽粤人。那时，他或许做些贸易吧，有时，也来往于老家和通扣。然后，他去了缅甸的丹老埠，从此留了下来。丹老，现在也叫墨吉，在缅泰边界，是安达曼海边的一个港市。16到18世纪，来自波斯湾的货物都要从这里进入暹罗，相当繁华。1544年，葡萄牙人兰卡罗特·盖雷罗带海盗集团打败暹罗王后，欧洲势力渗入到那里。19世纪末，大约有近千名华人在那里生活，他们多数是闽粤人。

在19世纪下半叶，英国人取得了那里的统治权，大批华人通过海峡殖民地流向那里。

那是个适合他的地方。他在那里生活到写这封信时，而且，看样子会一直生活下去，连他的孩子们，这个地方就是他的家了。

六十六岁，生命在提醒他，冥冥中，他还有牵挂。

对那张我们显然看不见的照片，他郑重其事地介绍，他，黄少华，一家之主，他的出生年月、经历、职业、家庭住址，如上头所说的。他说，他在暹罗的那段时间是作客，那么，他的家在哪里？安海，还是丹老？

接着，介绍了他的妻子黄陈氏轻娘，他认真地说，这是他的原配。有足够的理由尊重她。福建南安卅一都莲塘乡侨商陈世朝的女儿，比他小十一岁，光绪十九年（1893年）出生的。三十七岁的婚配，迟了，在异邦打拼，常常是这样。陈氏二十六岁，在当时，也不算年轻。那是一个妥当的婚配，她是个能守妇道带好家风的人，相夫教子，操持家务。结婚第二年，大女儿出世了，二十九年间，他们先后生了七个孩子。两个儿子，大儿子黄宗汉读中学时生病去世了，二儿子黄汉德二十岁，跟在身边。大女儿黄金枝嫁给闽南安岭兜乡的张尚苗，生了两个儿子、一个闺女。二女儿黄金叶嫁给闽南安莲塘乡侨商陈忠鞭的二儿子陈守表。另有三女金花，四女金凤，五女金珠。他的亲缘，都是同乡。这倒也合闽南人的婚俗传统。

出门在外的人最怕孤独，他们喜欢群居，习惯抱团，同一群人，说同一样话，过同一样节，吃同一样口味，妥当。做亲，在同一群人里，看人明白，说话不费神，日子是要拼的，谁还有精力磕碰？等性子顺了，人也老了，不误事才怪。

闽南人的乡土观，实际、高效，适合移民社会。换作在互联网时代，世界是平面的，地域差异不是个问题，但那时是。

安达曼海边上那些商埠，生活着成群的福建人，总有合适的家庭，有适合婚配的男孩女孩。这样的婚配，妥当、靠谱，易亲近，让人期待。

从安海到通扣，再到丹老，黄少华的生活是在迁徙中的，但他的家庭却波澜不惊，过日子嘛，该哪儿就哪儿，哪个地方合意就去哪儿，动与不动、变与不变中，四十八年就过去了。时光流水似的，谁说不是呢？

他的侄子黄文才也在照片里，那是个二十二岁的少年，生在缅甸的土瓦坡，父亲黄福清，少华的弟弟，已逝。没父亲的年轻人应该长得老成持重吧。这些年，没少得伯父的帮衬吧。

三个待嫁的女儿，正在如花的年纪。三女儿，二十四岁，应该是母亲的好帮手了。家里，她的声音好像会大些。大姐二姐出嫁了，妹妹们该听她的。四女儿，华侨公学的学生，十八岁，爱做梦，会像鸟儿一样爱唱歌吗？五女儿，十三岁，豆蔻年华，是个快乐的女生吧。土瓦社尾街黄家的宅子，会因为这些女孩，增加了许多春天的颜色吗？日色金黄的时候，会有少年在窗下徘徊吗？女孩子们会在有月的夜晚心情荡漾吗？

最后是三个孙子，长孙，黄右麟，五岁；外孙，张克龙，大女婿张尚苗的儿子，八岁，学生；外孙女，陈美治，又叫美美，二女婿陈守表的女儿，四岁。三代同堂，中国式的完美。

写到这里，那个从前叫福煎的安海人，想是心满意足地叹了口气。黄少华，终于落地生根，开枝散叶了。这些许福分，该向老家人说说。

是的，他们过着简朴但一点一点翻新的生活。他学了补牙技术，这让他家有稳定的收入，空闲时收土产，还种了十几亩橡胶树。积累是慢的，等他在土瓦社尾街为一家人盖了房子，他不再是异乡客了。

如果你恰巧生活在20世纪40年代，在记忆泛黄的丹老街头，你恰巧遇到笃定满足的黄少华和他的孩子们，你会和他们说什么？

想那七十年前的人，在丹老埠的黄宅，用毛笔在中英文印制的黄华升补牙所信笺上，写下他许多年想表达的心情。和那张照片一起交给批局，那封信要走好长的路，才能到达安海，黄少华还有什么要对那边的人说吗？在言外。

今天，如果照片中的那些孩子还在，应该都是比他们的祖父还年长的人了，他们生活的地方，在那以后会发生许多变故，他们好吗？

想看看照片里的那些人，1948年的春天将至，一切看起来那么美好，丹老埠的街头，车水马龙，人来人往，土瓦社尾街的牙医黄少华家里，洋溢着佳节的气息，日光落在雕花的窗棂上，门楣等着贴春联，祖父心满意足地坐在大厅，儿子侄子开心地聊天，女儿们看上去那么漂亮，孩子们满屋子嬉闹。

那种快乐，在今天的人看来，总有点感伤，不知道为什么。

六、家山与宗枝

那个失去丈夫的女人向丈夫的叔叔求助，他们平时联系不多，所以，丈夫的叔叔问她，有孩子吗？

有孩子，女人的日子怎么说都有盼头，叔叔自然就多一份责任。

应该是王葱根在信里告诉叔叔黄明宽，家里的房子在丈夫去世后典给别人了，生活无依无靠，悲摧了。

但是，她想重新赎回来，那是贫贱夫妻生活的一点记忆，一块砖，一片瓦，一套桌椅，都有往日的气息，都是念想，女人，得靠那点念想活下去。何况，以后，也得有地方遮风避雨。

叔叔说，赎回典当的房子，可以免去后顾之忧，就听你的吧。

叔叔感到安慰的是，侄子没了，侄媳妇还在家里照顾门户，让神主前有香烟，年节有人奉祭，家宅不颓废，乡人知道黄家有人，他们这一脉，还可以延续下去。

他真的希望侄媳妇留在家里，为侄子抱节守义。

我深深感念你的德惠，如果你有孩子，可以回信告诉我。叔叔对侄媳妇说。

钱已经随信到了。侄媳妇的日子有着落了。

每念家山，心神如醉。家山得有他牵挂的人，醉，才醉得舒坦。

家人去，风凄凄，堂前冷落，醉，也是痛醉。

1931年8月，天凉了，黄明宽醉了。给侄媳妇的那片纸，落满他的醉态。

哥哥和嫂嫂去世了。那么年轻，甚至没有留下子嗣。

弟弟想延续哥哥的宗枝，婶娘来信说，佳的儿子是合适的人选。

那个孩子，一定聪慧，可爱，家庭清楚。看到他，就像看到哥哥嫂嫂在世时的样子。

王清允真是悲欣交集。

把孩子带来吧，让他守住南太武山脚下卓歧那个叫城仔内社的王家，让那冰冷的家宅有人的气息，让黯淡的香火重新旺起来，让哥哥嫂嫂的魂灵找得到回家的路。

请把哥哥嫂嫂去世的日期列来给我，好让我在这里按时为他们祭祀。哥哥在家山，弟弟回不去了，记住他们的忌日，年年想着他们。

那个就要成为他的侄子的孩子，与他未曾谋面，但是，他的责任，是供养侄子长大，让那个孩子奉祀那两个名义上的父母，继承他们的姓氏与那一房的责任，生生不息。

请婶娘在哥哥嫂嫂神主前代为祭拜，祈求他们在天之灵保佑孩子平安长大，生枝发芽，那是家门之幸。

1946年9月28日，王清允写完这封信，他也许看到哥哥嫂嫂家的天开了云散了。

那些已经去世的人，如果知道还有人为他们做那么多，一定会觉得人间值得。

对在世的人来说，既然客居异邦，生离和死别，便是常要面对的事情，亲人在，则宗枝在，家山在。

七、马尼拉商人的田园农事

快过年了，该对家里说些什么。

马尼拉的丈夫黄毓沛给晋江乡下的妻子写了封信。别以为他在教家人花什么钱，做什么礼数，让这个年过得体面。他只是交代了很快要做的农事。

他想知道，番薯收成了，切"科"（块）几担？园里的"芎蕉"（香蕉）生了没有？香蕉种的是什么品种？要去墟里买一头新牛，春天到了，犁田用得上。记得让长工河深给果树"应肥"（施肥），到了一二月，再去买些肥粉催一催。给家里寄了四百元钱，除了还人家的、给亲友的，还剩一百八十元，可以给家里的长工河深一些。快过年了，他会有家人等钱用。

闽南习惯，番薯收成后，横切成"科"，晒干、储存，一年当中，煮汤、消暑；与大米搭配熬粥，也可口。闽南这地方多山临海，人稠地少，粮食历来不能自足。还好四百年前祖宗从马尼拉带回番薯试种，它的温暖甜香，填满人们的口腹，很快被广泛种植。番薯是生命力强大的物种，像闽南人的脾性。不挑剔，易种，产量高，热量足，是平民食物。茎块饲人，薯藤饲猪，全不浪费，是简朴的乡间生活的标配，现在看来，几乎是物资匮乏时代体力丰实和活力充盈的象征。香蕉也是这样，房前屋后，漫山遍野，贴补生活，做水果，可饱腹，都是寻常食物，大众食材，几乎家家种养。

信，告诉人们，黄毓沛家里，有水田、蕉园、薯地，至少一头牛和一个长工。女人，是不下地的，有长工帮她们干活。农忙时，还会雇些短工，这样就够了。

听丈夫说话的口吻，你以为他不过是乡下的农夫，出门了，来不及回家，怕家里的女人不晓事，耽搁了农事，赶在开春前安排好。也是，再过十几天就是除夕，热闹一过，便是农忙。春天，万物生发，错过了，坏了一年收成。耕牛、肥料、佣工，都要提前备好。

其实，黄毓沛是马尼拉瑞成公司的头家。瑞成做的是美国五金生理，人气旺，口碑好，有两三百号员工，利润可观，那是他要关心的。

他也在意老家的田园。种什么，收多少，他都知道。这些年，家隔着海，有一段遥远的距离。但那片土地，让他牵挂。他就是那个许多年前离开家的农家子，他曾经赤脚踩在松软的泥地上，自由地呼吸带着烟火气的空气，头上的大笠为他遮挡暴烈的日光，他用心丈量过家里的每一寸田地，计算应该播下多少春天的种子。那是他生命最初的部分，谁也抹不去。

那是一个温暖的归处。值得他留下他的原配太太，守着它，替他彰显它的重要。他不在时，应该有人帮他浇地、施肥，分担劳作之苦，分享收获喜悦。为他藏着初心。

中国人无论走到哪儿，田地，都是安身立命的根本。有了田，就和家乡，和那里的人，和祖宗有了联系。春夏秋冬，四季轮回，生活是根据时序来安排的。日子，多么紧凑，多么充实。节气，定期提醒你，什么时候播种，什么时候收成，什么时候扫墓，什么时候祭祖。什么是天道，什么是人伦。因循自然设定的社会秩序多么完美，长幼有序，好像生来就是这样。

那是个美好的世界，日出而作，日落而息，时间不紧不慢，人们心境平和，恭敬天地和祖宗。对生活在新世界的人，那是温暖的记忆，永恒的念想，仍然在身边的生活。

所有与那片土地有关的人，都会得到他的关照。他帮家乡的人做"大字"（护照），帮他们漂洋过海，让他们有机会去寻求财富，有些被他帮助过的人，后来真的出息了，会像他一样帮助乡人。他的公司雇用了许多同乡，同乡的后面，是他们的家庭，许多人仰仗他生活，中间有说不清的乡情和亲情。都是从那片土地上走出来的，曾经相识、相熟，至少相闻过。他们的联系，与生俱来，天然的情感生出的道义，比任何时候都强固。那些人，会比其他人多一成薪水。钱，他帮他们存着，有一天，他们不做了，要回家，或者有新的机会，临走，他会把替他们存下来的钱交给他们，让他们有余力，对付离去之初的那段日子，照料好他们的家人。

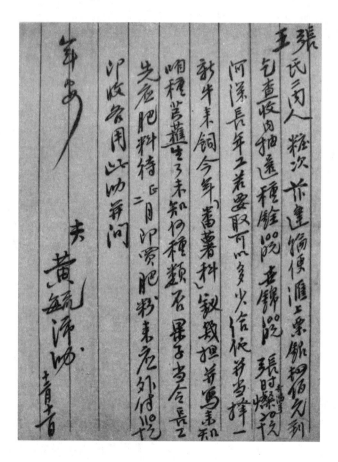

今天，我们看到的照片上的那个中年人，身穿白色洋装，微微侧身，嘴角浮着笑意，有令人暖心的淳朴，没有世故的痕迹、令人不快的油腻。那是一个充满竞争的新世界，财富快速积累，强者为王，他保持

着中国式的文雅，在纷乱的人际关系中，人性的温情是他经营的一部分，用于联系乡谊，彰显本性。

他是个挺传统的人，保持了耕读持家的理念，崇尚井然有序的生活，重视子弟的教养，把它看作生命中理所当然要做的事。不错，他是个商人，有天生经营的头脑，这让他有能力向村里捐建学校，让孩子念书。他买了许多字帖，那是古人的家训，让人们临帖，对祖先的智慧尊敬有加。

他本来应该这样，哪一天，他年老了，他将重返老家，和他的老妻、他的老牛，和蕉园，听学校孩子们琅琅书声，度过最后的时光，让身上，落满闽南的夕阳。

那是一个一脚踩在旧世界，一脚迎接新世界的人，如烟的繁梦和田园牧歌的美好是他人生的两个部分。

太平洋战争爆发时，黄毓沛和许多人一样，留在菲律宾。音讯不通的那几年，他的田地和妻子还好吗？

1944年，马尼拉发生了一场战斗，一颗迎面飞来的子弹击中了他。这个异乡人毫无征兆地倒在马尼拉街头，离自己的店铺不过几步路。

故园，再也回不去了。

瑞成，则经营下来，一直到今天。

现如今，年轻人到了城里，努力要活出人样。到头来，还有人肯念着乡下的田园和老牛，像从前的人那样吗？

八、父亲的家风

这声音似曾相识，我们从那些将老未老的人那儿听见。

父亲和儿子谈家风，用的是几十年的人生经历。

马来亚吡叻州（霹雳州）的议员和庚遇到了令他不快的事，那是1954年，福建那边的宗亲来信告状，说他那当教师的儿子结交了一群酒肉朋友，干了些有损家风的事情，长辈们实在看不下去了。

和庚在南洋打拼，也算事业有成，家境富裕，儿子在老家，被指望着成器。那时，中华人民共和国刚成立，百废待举，和庚很希望他能以一技之长，报效国家。也为自己在新社会谋一席之地。

老人们说的那些话，也未必是真的。他的儿子，其实已经做了父亲，有儿有女，做事当有分寸才是。也许不过就是家境好，父亲不在身边，喜欢结交朋友，有点读书人的脾气，闲时喝酒，出点酒资。年轻人喝多了，有点失了礼仪。这事放到现在，长辈们不过一笑了之，拿不上桌面说事。

父亲也没有一味责备的意思，他只是很想和儿子聊聊，他们已经很久没有坐下来一起聊聊了。

那是一个心里装着家国的父亲对儿子说的话。

想当年，我因为家境贫困，才南下到马来亚谋生。刚来时，靠朋友帮忙，在锡矿做杂工，起早贪黑，勤奋劳动，几年后，才得到公司器重，他们出资让我开垦荒山，种植橡胶。从那时起，我就立下宏志，披荆斩棘，历尽人间沧桑。辛酸苦辣，惨淡经营，几十年艰苦奋发，从种植橡胶做到自营橡胶厂。这都是我谨慎待人，诚谨经营事业，稍有成就，打下了立足的基础。

和庚算是交了好运气，这好运气，是他的心性带来的。他是个笃定的人，一生好像只做过两个行业，锡矿和橡胶。这两个行业，一先一后成了马来亚的支柱产业，带着马来亚快步走，和庚搭上了便车，也就有了事业。

当日，福建人南来，锡矿常是生活的第一站。这行业挣钱多些，但卖的是力气，博的是命。那些人都来自底层家庭，苦惯了，家里等着钱用，能忍。

和庚生活的吡叻州，在他来之前，在拿律和近大河谷一带，已经有四五百个矿山，八万人在那里干活，矿山周围，福建人建起了许多城镇，并理所当然地成了那里人。今天，我们看到那些美丽的城市和繁荣的商业，已经记不起那些在这里耗尽一辈子的人的模样了。

英国人控制了这片土地以后，看到它的潜力，也进入这一行业。他们有更大的资本和最好的设备，很快就主导了这一行业。福建人成了他们的雇工或合作者。他们从中国和印度招来工人，一百年时间，大约有五六百万人从华南地区来到南洋，马来亚是最要紧的目的地。这些劳工生产的"海峡锡"闻名遐迩，锡业也成了殖民地的命脉。

锡矿杂工和庚让贵人看到他的好秉性，但他的第一桶金是橡胶。橡胶的前景无与伦比，但在19世纪末之前，它还是南美丛林中疯长的植物，没有可口的果子，它的伤口流出的乳液也不让人垂涎。但是，这种液体制成的产品往后几乎改变了我们的生活。二十年后，航空和汽车工业的出现显示了它无可替代的价值。英国人黎德立在1877年引种了几十棵在自家院子。然后，两个很有想法的年轻人种植了它们，用它们的乳液制成橡胶，大获成功。那是两个祖籍漳州的华人，一个叫陈齐贤，被称为马来亚"橡胶艺祖"，一个叫林文庆，被称为"橡胶种植之父"。这两个人在南洋都是有影响的大人物，一个富甲一方，一个后来成了厦门大学的校长。十年后，另一个福建人领袖陈嘉庚进入这一行业。在很短的时间里，几十万亩橡胶园覆盖了马来亚。南美的植物在马来亚没有遭遇水土不服，它们迅速占领这片土地，并使它成为橡胶王国。马来亚的橡胶产量几乎占全球产量的一半。嗅觉灵敏的华人占了先机，但英国人最终还是主导了市场。橡胶产业给城市带来繁荣的速度快得出人意料，巨大的出口税和消费税带动市政、道路、港口设施建设，和庚生活的吡叻州的怡顺、太平、安顺，雪兰莪的巴生，森美兰的芙蓉，柔佛的新山相继兴起，巴生河边的吉隆坡在华人来了之后成了马来亚最大的城市，后又成了马来西亚首都。而我们也一而再再而三地从那些家书中读到这些城市的名字和它们的故事。这是南美植物、英国人的资本和中国人的聪明才智创造的奇迹。

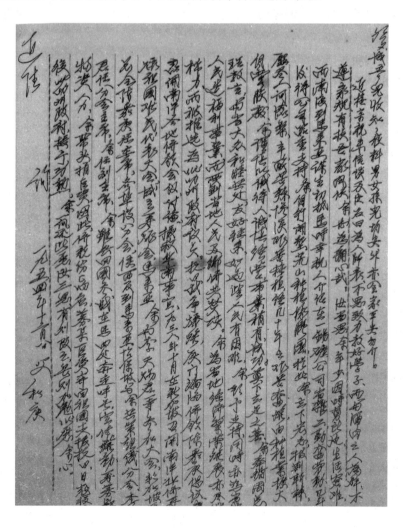

从杂工到头家，和庚没有仔细说他经历了哪些事情，天上从来不会自己掉馅饼，成功也不会垂青那些不争气的人。时间一晃而过，那个聪明勤快的后生转眼成了暮色将至的人，艰辛写在眉上，岁月染在鬓间。书信不过只言片语。

和庚有一点很想说：儿子，少年时光，非常重要，留心，做该做的事。勤奋和谨慎，那是我们安身立命的家风，别丢了。

那是经历过人间疾苦的人要对儿子说的话。

和庚后来经历的战争，和锡矿与橡胶有关，因为它们都是现代国家赖以生存的战略资源。为了控制原材料产地和市场，有野心的国家大打出手，最后推着全球跌入战争泥淖。战争抬高了橡胶价格，阻断了正常的贸易通道。没有橡胶，飞机上不了天，军车上不了路，小伙子们全副武装，却只能等着挨打。盟友和敌国都在寻找出路，美国甚至把手伸到巴西，资源羞涩的日本直接南下，想在身边探囊取物。他们在1941年袭击了珍珠港。他们成功了，控制了梦寐以求的人口和原材料产地，但他们很快尝到力不从心的苦恼。不到四年时间，这个国家被自己挑起的战争碾了个粉碎。

20世纪三四十年代，是和庚一生最为荣耀与至暗的时刻。他成功了，但日本人来了。陈嘉庚把大家召集在一起，成立南侨总会，四十五个城市、七百个分支，把数百万南洋华侨的意志凝聚在一起。每个月，有七百万元从富裕和贫穷的华侨的口袋汇聚到总会，然后源源不断地流入灾难深重的祖国，流向国府，也流向八路军、新四军，变成飞机、枪炮和救命的药品。和庚没有回去扛枪，但他捐出巨款，他成了陈嘉庚旗帜下的怡保坡分会的首领，他也曾登高一呼，应者四起，不是因为他的声音够大，而是他身后的祖国让他的声音穿透人心。

我们不知道，在太平洋战争中，和庚经历了什么，一个侨领，有浓烈的家国情结，视日寇为仇敌，如何度过被占领的岁月。他没和儿子说，也许，那是他不愿触及的痛吧。

和庚在信里提到的两个朋友李天赐和侯西反在和平来临前死了。

李天赐，怡保坡分会的另一个首领，在1943年被日本人逮捕，那一年3月，日本人杀了他的两个儿子，然后杀了他的八个女儿，一周后杀了他们夫妻。他依稀记得孩子们的名字，男孩叫成铁、希石，女孩叫清红、清莲、清容、清娴、清心、清美、清民、清香，应该还是花一样的年纪吧，但和他们美好的名字一起凋零了。

被陈嘉庚派来和他一起协商成立分会的侯西反，后来回国参加抗战，在胜利前一年死于空难。

为国死，荣耀。

活下来，知足。

和庚写这封信时，是1954年。战争已经结束，殖民地出现了许多新的国家，北方大陆，新生的共和国需要和他们一起面对未来。国家希望华侨们落地生根，和当地人和睦相处，友好往来。他们也相信这样做是对的。这就有了1955年的万隆会议。

和庚与当地社会相处融洽，有人遇到困难，他就帮助他们，做议员，他积极为人们谋福利。当地百姓和侨民都赞美他，他也为此感到骄傲。他的确为当地经济繁荣发展尽了一份力。

人活到这份上，当知福。

和庚南来时，几乎什么都不是，最终，他得到的比大多数人多，一切归于他的家风。

他的家风，背负一个时代，隐藏一段岁月，几句话，就这样说完了。这样的家风，得守。

那个中国式的老爷子，在异邦，白手起家，做过矿工、胶农、工厂主、议员。人的一生充满许多可能，现在，他很想告诉儿子。

九、家　族

他们家在海澄县东门外的厚境社。

哥哥把家、父母和祠堂边上的老厝交给了弟弟，只身去了南洋。

在海澄，几百年来，如果人们想过上好日子，就会搭条船，跟着乡邻，南渡到海岛，做商人，做帮工，待上几年、几十年，甚至几代人。有的出去时孑然一身，回来时枝繁叶茂。

但是，南洋并不是所有人的天堂。

哥哥身体不好，挣钱不多，生了一儿三女，大女出嫁，小女送人，剩下的两个儿女还在念书，日子十分清寒。

要命的是，他染上了烟瘾，这个年纪，这样的毛病。这辈子大约也就这样了。还好嫂子和他同甘共苦，家倒是像个家。

弟弟勤俭，厚道，对父母很好，曾家虽然清寒，门风却也不差。做哥哥的无力帮助家庭，有些愧疚，心里却很安慰。

这是在1947年哥哥给弟弟的信里看到的。

弟弟等着哥哥回家。他们是今世的兄弟啊，乾坤和乾农，从他们分手，今生便不知道还能不能相见了。可是血浓于水，身后就是家山，断得了吗？

1955年正月，土改分的三亩三分地，一间主厝，四间护厝。哥哥和弟弟一人一半。那可是可以传给子孙后代的财产。弟弟催着哥哥赶紧开华侨公会的证明，证明上还要认认真真地写上乡长和农会主席的名字，这样，他们才是房屋的主人。

记好了，在海澄县的厚境社，他曾乾坤有一亩一分半的地，那地，一块在肖厝洋，一块在埭仔洋，还有一块在山头洋，还有半间主厝和两间护厝在等着主人，哪一天他和他的子孙回来了，可以歇歇脚，可以遮风避雨。弟弟要替哥哥守好这些财产。

弟弟想让他的侄子朝基早点结婚，要结婚的人，无论是在南洋或者在唐山，都行，要有人照顾他哥哥的冷暖。

你快点来信啊，别让弟弟日夜忧心。

1957年7月，南洋来信了，写信的人是侄子朝基，哥哥去世了。

丧事办得非常简单，因为侄儿年纪尚轻，经济尚难。侄儿在信里老实说。

父亲在贫寒中去世，儿子继承了父亲的贫寒，也继承了父亲和叔叔的联系。侄子成了替哥哥写信的人。他们从未见过面，可是，这没有妨碍他们接下来二十几年里在纸上嘘寒问暖。

叔父托人送来的祖国美味，已经收到了。侄儿说。

祖国的美味，是龙眼干，在老家，那是充满乡土情结的滋养补品，家家户户必备。夏天，是龙眼收获的季节，农人们采摘以后，剥皮，去核，在烈日下暴晒、烘烤，接下来一整年的时间里，这些散发着水果甜香和好闻的日头味的食物，滋养着人们的身体。此后年年，海澄的龙眼干，会漂洋过海，来到侄儿清寒的家，撩动侄子侄女们的味蕾，那是人间最美好的味道，侄子没回过家乡，可他知道家乡的味道；叔侄只在

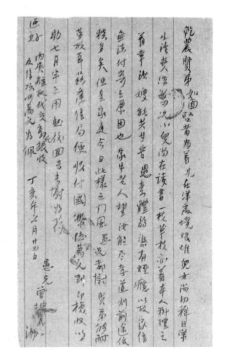

照片上见面，可他熟悉亲人的味道。

哥哥不在了，叔叔让侄子回家，像许多爱子女的长辈一样，他不愿意他们在海外飘零。那时，许多南洋的年轻人都回去了，况且国家也需要他们。

回祖国的事，侄儿思前想后，决定还是暂时留在客居地吧。侄儿学识浅薄，无专门技术，恐怕难以适应祖国的需要。祖国，尤其是家乡、亲族实在想念，可碍于环境，回祖国只能等待将来变迁。侄子在信里解释道。

父亲去世了，他是家里唯一的男人，南洋还有三个姐妹，不是想走就能走的。而且他正穷得要命，结不起婚，也不敢随便结婚，妹妹也没有合适的人家，他只能等，等日后家境好转，他好回到父母亲的家乡。

1960年，他们住在新加坡的直落亚逸街38号，信和龙眼干会如约寄到那里，家乡的消息也会如期传到那里。

1962年5月，侄子对叔叔说，收到龙眼干一公斤，铁盒装的，谢谢叔叔，浓情厚谊，非常难忘。

1962年是曾家又悲又喜的一年。在老家，姆母去世了，叔叔的儿子——他的大弟和三弟订婚了，二弟大学毕业做了中学老师，而他是3月13日订婚，在10月8日结婚。妻子是潮籍人，他仍然清寒，婚礼花了一千多元，有些钱是借东家的。但是，新的生活要开始了。这是曾家二十几年来最大的喜讯吧，侄子欣喜地把这个好消息告诉叔叔。父亲去世了，老家的叔叔就是父亲，尽管他们未曾谋面，但他们不只是信纸上的叔侄。那个已经没了父亲和母亲的年轻人，憋屈了那么久，终于长长地舒了口气。

1971年，侄子依然收入微薄，且他已经是四个孩子的父亲，和他的父亲一样，有一个男孩、三个女孩。在新加坡的曾家已经是一个有二十几口人的大家庭了。大姐五个孩子，二妹五个孩子，最小的妹妹，因小时候家穷，送人了，联系不多，还未婚配。叔叔的龙眼干，现在需要分配给不同的小家庭。他们都不曾回过父母的家乡，但都习惯了家乡的龙眼干的甜味。

1972年3月，龙眼干又收到了，叔叔深情顾爱，侄儿内心万分感激，好像叔叔就在他身边一样，人间是温暖的。可是想起海阔天空，遥远千里，不能相逢，侄儿心中即刻万分痛苦、悲伤。叔叔年事已高，事事须顾及自己身体，勿过分操劳，侄子说。

1972年5月，侄儿又收到祖国的龙眼干了。谢谢叔叔劳苦奔波，寄食物给侄儿。叔叔情深似海，侄儿永志不忘。侄儿识字不深，写作多数句子不通顺，错误是难免的。他说，祖国的文字他是不会忘的。

1973年，收到龙眼干及茶叶。侄儿在海外风雨中过活，收入微薄，不知何时能见面，阖家团圆，他喃喃细语。

1975年12月，收到家乡土产龙眼干，一家大小喜上眉梢，欢天喜地。每当夜深人静时，心思夜想，不知何时当面报答谢恩。侄儿寄汇回去时，叔叔让他留一点自用，不要浪费了。那年12月，侄子来信说，侨居南洋，国家过小，人口过于稠密，谋生非常困难，侄儿收入微薄，入息有限，但吃苦耐劳，努力工作，教育子女，虽家中清寒，倒也其乐融融。

1976年3月，清明时节，他收到龙眼干，寄回海鸥薄荷膏四罐和一小包咖啡粉，那是南洋普通的饮料。他告诉叔叔：要用滚水冲匀，然后用布袋滤过，加牛奶和糖。那时，咖啡在内地是稀罕物。苦涩、微甘，味醇厚，加了牛奶和糖，口感变得柔滑，不知这是不是南洋的味道。

清明快到了，家乡细雨绵绵，心里软软的。侄儿年已半百，仍不能实现父母生前回家乡的愿望，夜深人静，脑海里痴痴思着，心坎里暗暗难过，不知何时能完成一生的心愿——是否可与叔叔和家里的弟弟、妹妹、亲戚们会面。3月5日，是家里前往山里祭祀祖先和婶母的日子，坟墓距离家多远，请示知一些，免得侄儿不知晓而成为番人，侄儿说。

1977年8月，寄往祖国的药品被厦门海关退回了，不知道为什么如此严格。他想重新分成几个小包再寄。通过广东省银行寄往家里的钱应该到了。

1978年4月，收到龙眼干两袋。太破费了，侄儿说，可是收到祖国的物品，还是万分高兴。想到叔叔平时勤俭持家，吃苦耐劳，照顾大小，才有今天弟弟、妹妹们成家立业，子孙满堂，这都是叔叔的功劳和美德。侄儿想着本月中旬过后，就开始筹备回国，预定在11月尾动身。1978年，祖国开放了。

1978年10月，他回家了，比预计的时间提前了一个月，他归心似箭。生在海外，这是他第一次回家。他见到了五十几年来在照片上、睡梦里无数次见到的亲人们。他们曾经那么远，又那么近，现在，他们平生第一次坐在一起，执手相看泪眼。父母已经去世二十几年，叔叔已经是一位头发斑白的老人。让他特别高兴的是，家里去掉了"帽子"，家庭成分改为华侨商人。他感觉到了家人的如释重负。

家里像过节一样，许多亲戚邻居来看他，他记得有一个还给他带来了羊奶。乡亲们托他寻找海外失联的亲人，对外隔绝了那么久，他们想知道，亲人们怎么样了。

10月28日凌晨，白白的月亮还挂着，他和二弟金潮在汕头华侨大厦门口分手。背负着众乡亲嘱托，回到新加坡，他开始寻找那些失去联系的人，那些人有的在缅甸，有的在马来西亚，有的在印度尼西亚，有的在新加坡；有的找到了，有的已经不知道去了哪里。

回去的信，是写给二弟的，此行的另外一个收获，也许是弟弟开始接着书信往来了。

1979年，三妹也从伦敦大学毕业要回新加坡了。

1981年，这一年，他收到了三次龙眼干。10月，他托回厦门的陈姓朋友带去两册全家福老照片，那都是用旧照片重新冲洗出来的，写着家庭的历史，请留着做纪念，他说。

1984年，老家的弟弟妹妹们陆续迁入了新居，这是光宗耀祖的一件喜事，同时也是叔叔的功德，才有今日的美好。他说。大孙女9月间也要大学毕业了。到时，儿会把她戴方帽子的照片寄给叔叔，与叔叔同迎共乐，并留着纪念。谢谢叔叔的关心和照顾，做儿的永远惦记在心。在他心里，他朝基已经是叔叔的儿子了，他的女儿，自然也是叔叔的孙女。孙儿在年底服完兵役，1985年正月上大学先修班，两个孪生兄妹明年中学毕业，也要继续深造。他肩上的担子依然很重。

如能够在叔叔百岁之前，大家再团圆一次，再会一次，不知该多么好。1982年9月2日，他说。那一年，他仍然收到了家乡的龙眼干。

五辑：在梭罗

一、在梭罗

他住在梭罗，《美丽的梭罗河》的梭罗。

夜深了，他给母亲写信。

信会寄到漳州城东门街，他的母亲住在管厝巷的后楼顶。

她在那儿等他，等他寄来钱，也等他告诉她好消息。

Solo, 和她的华文梭罗，写在那张发黄的信纸上，信寄出的时间是1950年夏天。

那时，那首歌正从那个城市被军人和旅人带回自己的家乡，让人觉得那是一段美好的时光。

苏荣棠累了，他想到他母亲。街上寂静无声，天上的月好亮。

他说，母亲，信昨日收到了，信里说的事，都知道了。太忙了，没能时常写信回家，请母亲原谅。

他告诉母亲自己一天的生活。七点，太阳的光刚照在梭罗河上，他已经在店里忙活了。晚上十二点，月亮挂在屋檐才收工，也许更晚，要到一点。除了睡觉，几乎所有的时间都在店里。他有五个伙计，每个人都很努力，可还是忙得喘不过气来。

透过那张发黄的信纸，我们看到苏荣棠和他的伙计们在店里来来回回轻声快走，客人影影绰绰，鸽子在窗口发出咕噜的声音，好像年轻人的心。

1950年看上去是一个美好的时节。生理不错，气氛宽松，生活有点像那首歌。梭罗城的苏加诺当了总统，祖国和生活的国家建了交，城里住着许多华人，他们从战争中走出来，看见的都是希望，为希望忙碌是一件快活的事。

苏荣棠的梭罗，是中爪哇的中心城市，经历过葡治、经历过荷治，曾是爪哇最后一个王朝马塔兰的都城。在欧洲人踏足这个地方前，华人就已经坐船来到这里，并建立自己的社区，从事擅长的行业，给这里带来商业的繁荣。

据说梭罗是一个冲动的城市，此前此后，发生过一些伤心事，但这时候，一切那么平静。

东门街的苏荣棠什么时候到梭罗的，不知道。做什么营生的，信里没说。一封家书，忽略了几乎所有的细节，我们只看到他、二哥、母亲、庶母，简单的生活，温暖的伦理。

儿子只告诉母亲，他很忙，有伙计帮衬，家里好。是的，在梭罗，他成家了，立业了，生活体面，收入不错，没什么烦心事。言外之意，别担心，母亲。东门街是个商人的世界，商人的儿子天生是个商人，走得再远，一切都可以对付过去。

他和二哥给家里寄钱，分成三份，母亲、庶母、家庭，那是他的三重责任。父亲，大约是不在了。东门街的商人常常会有一个大家庭，一间大厝，大厝生活的烦恼，没有片言只语。

身在1950年夏天的朋友，如果你人在梭罗，你一定要知道东门街管厝巷苏家的儿子，他每天工作十七个小时，从太阳升起一直干到明月高悬，他要供养母亲，还要供养庶母，他住在左右丹街165号，如果行的话替我看看他。

二、种德的信

种德是个孝顺的孩子，家在永春桃源镇大路头。来吡唠坡（新加坡）时间不长，是顺茂行的伙计，薪水很少，人生地不熟，信里给家里的两元，是向别人借的。但他身体平安，相信以后会赚到钱。

信是写给祖母和母亲的，地址却写"李种德家里"，没有提到父亲和祖父，想来他们都不在了。也没有提到兄弟姐妹，也许就他一个孩子吧。走时，他已是一家之主了。

那两个在家的女人，生活想来十分不易，换作别人，不会把这么个孩子送到南洋，去做一份勉强糊口的头路。

这是个懂事的孩子，知道家里等钱用，只好先借着，也许还会有其他要照顾的人，但真的没办法了。这是两个最亲的人，从小到大，含辛茹苦，教他吃饭穿衣，教他做人，教他知礼，待人古意（闽南方言，指热情有古风），现在，轮到他来照顾她们了。

我们不知道，种德的父亲和祖父做过什么头路，大约是十分劳碌的人，不在了，没留下什么东西。但是，他们一定是顾家的人，平和的家庭曾经温馨，朝夕相处，相濡以沫。所以，那个家庭，虽然贫寒，孩子却知道孝顺，想着让两个最亲近的人好。

没有父亲看着长大，真是遗憾。但是种德懂事得早，家乡好水土，营生不难，但想过得更好，就要外出闯荡。

种德没有什么可以仰仗的朋友，所以做的是不来钱的头路。白天，端茶煮水，跑街送货，殷勤晓事。晚上，许就在店里搭个地铺，对着孤灯，数着星星，想着来日入睡。

那时的孩子，常有一种梦想，出门闯荡，时运好，做个大商大贾，光耀门楣；机缘平，辛勤耕耘，做养家的男人。邻家的孩子，哪一天发了愿，跳上船，跟了人，一路南下，一去几年，都是常事。落拓的羞愧不敢回家。回家的，哪个不觉得荣耀？没家世，但南洋多金；没本钱，但有力气。哪天时来运转，做经理，做女婿，做头家，一样风生水起，像今天网红剧里演的。

这封信，有很好的品相，都一百年了，除了颜色发黄，还有一点水渍，那好像是女人用心呵护的痕迹。信，让我们像种德一样牵挂桃源的那两个女人，她们的背影，孤单而又凉淡，忧伤写在脸上，无助留在眼里，期待落在纸间。种德不在家的日子，种德家的那两个女人要好好活着。

种德写信的时间是1898年11月12日，那时候，新加坡已经开埠九十九年，仗着在海中位置好，机缘也好，东方的西方的都往这里交汇

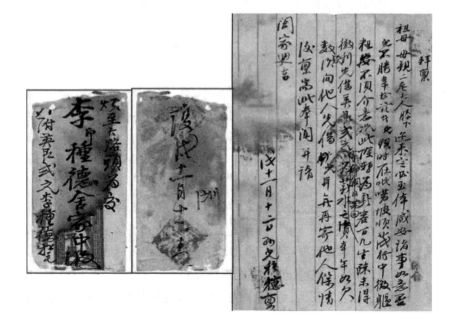

冲撞，不知不觉间，已经做了全球经济中的多边角色，越来越多的华人寓居在这个城市，西方人也带着他们的新技术来这里落脚。新加坡像个巨大的能量场，色彩绮丽，不断地吸引有本事的人来闯荡。华人开始剃发、办报，回国革命。国内也发生了一次不成功、却极悲情的变法。

种德，那个从永春乡下走出来的孩子，会经历什么？跟他有关的信息都已经消失在油画般泛黄的时代，消失在星岛那些匆匆上岸、登船的人流里。

有时，忍不住想想，1898年的那个孩子，好像是一副笃定在岁月中的模样。

现在，新加坡开埠二百多年了，最初的通商口岸成了现在闻名遐迩的国际都市，许多年轻人来这里求学、工作、生活，种德还在他们中间吗？

三、一个叫九乾的乡村男孩

一个乡村的穷男孩，来到城市，想要闯荡世界。他已经到了婚配年纪，可是一贫如洗。

接下来的事，可不像丹·威廉姆斯用磁性的喉音在 I Am Just a Country Boy 里吟唱的那样，早晨的日光里有金子，星星上有银子。母亲为他向邻村的女孩求亲，他需要付出真正的金子、银子。

那个叫九乾的男孩，没有家世，没有钱，家里，还有等着他供养的母亲和出嫁了的妹妹。他跟着姑姑和姑父生活在菲律宾。他也想给定聘的女孩买漂亮的衣衫、昂贵的首饰，早点和她洞房花烛。

母亲林氏写信给他，有事情要和你的姑父、姑姑商量。那是你的亲姑姑啊，父亲的姐妹，世上的亲人。告诉他们，洪家的孩子要结婚了，如果他们有什么主意，下回来信时一定要告诉我。

林氏——九乾的母亲，还能为儿子做什么呢？丈夫好像不在了，养大那几个孩子，呕心沥血，现在，孩子该成家了，但是，她什么也没有。她坐在空荡荡的老厝里，想着丈夫的微笑、过日子的心酸，想着怎么把这门亲事快点定下来。

你在外学习生理字目，要听你姑父的教示，不要忤逆了他，要与他和和气气的，那是你要仰仗的人。

母亲要你保重身体。

祖母也要你保重身体。

母亲一遍一遍地叮咛，如果可以，她想做得更多。

1920年是一个什么样的年份啊，国家和国家在打仗，南方和北方在打仗，南方和南方在打仗，一个四川的小个子少年，坐船到法兰西勤工俭学，后来他成了历史上的大人物。

那个叫九乾的男孩，从乡村来到城市，他可不是了不起的盖茨比，野心勃勃要征服城市，他只想把城市变成他的城市，他想在城市里做一个平平凡凡的人，和别人一样娶妻生子，做一个幸福的人。

但是那个城市，有太多像他一样从乡下来打拼的人，他们要付出比别人多几倍的努力，但这不意味着他们就能成功，他们等着衣锦还乡的那一天，可是他们不知道那一天有多远。

而他的母亲，在自己的家乡，行孤影只，悲欣交集，话说完了，盖上图章，按上手印，一丝不苟，像在努力完成一件大事。

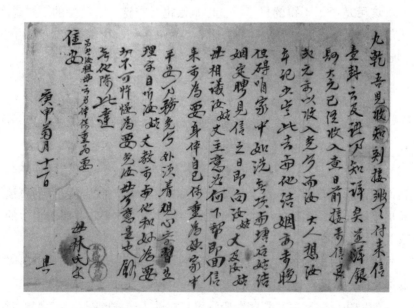

四、三月三

三月初三，春光正好，女儿出世了。

这可是个了不得的日子，王母娘娘也是在这一天出生的。据说，每年这一天，天庭会办蟠桃宴，四海八荒的神仙都会来祝寿，人间的神庙香火也旺得不得了。这一天生的女孩，命自然不得了了。

女儿出生了，这可不是他初为人父，又欣喜又惊惶，这是他的第六个孩子；他也不是年轻的父亲，手脚失措，对未来充满遐想。

他就是累，六张嘴，加上他和妻子的，全靠他的土产生意。但是这一季的椰干价，低得让人没信心。

没有生意了，那不是只有几天，正好给自己放个大假，睡觉睡到自然醒，看剧看到下半夜，花两个钟头洗热水澡，把想着没做的事情翻出来做一遍。不是的，时间的流逝让他惊惶，这个不早不晚出生的女儿没让他开心。

他漫无目的地在大街小巷闲逛，不同于数字时代享受散漫的时光和惬意的午间茶，他头顶是晃眼的日头，耳边尽是人群的喧闹。

他的生活，和后来那些在职场里打拼的人一样的啊，生意好的时候，日子算温馨，每天忙完，太太会给他端上可口的饭菜。孩子们缠着他说话，心情好的时候给孩子带回一盒提拉米苏，陪太太喝一杯卡布奇诺，有时间带大家到公园走走。孩子们上学的学费是很贵的，房租要交了，车子保险到了……可是，一切都会好的。

那是在1935年4月，眼看坐吃山空，未来充满不确定性，他真的很忧愁。

他的故事平淡无奇，生了许多孩子，生意没了，内心焦虑，人很孤单，也没忘记给三都老家的母亲寄十元钱。

想今天，还有多少人，像他一样，为人父母，为人子女，头发都斑白了，仍然披星戴月，为那前程努力，疲惫不堪时，独自在夜雨的街头狂饮大哭？

还好，他可以和母亲在信里说说。

那封信，五味杂陈，却三言两语，直奔主题。

心够坚强，人会好的。

五、1907 年的签证攻略

那是个令人好奇的人。五十四岁，叫郑虾哥，做了十二年生理，是垠埠一家布庄的大股东。八年前回唐山，生理有合伙人照料，现在，他想来垠。

你相信这是真的吗？

你信不信没关系，关键是，签证官要信。

光绪三十三年（1907年）七月二十六日，信从马尼拉寄往晋江青芒，郑虾现在待在那地方，他待腻了，想出国了。

20世纪初，马尼拉已经不是想去就能够去的地方了。海关签证官的心情变得很重要。如果那一天签证官心情好，他准确地回答那些问题，态度诚恳，他大约会成功的。如果那一天签证官心情很糟，他的结果可能很悲摧。但准备一定要充分。

那封书信，就是一份签证攻略。告诉你怎样才能成功登岸马尼拉。

20世纪末通过美西战争，美国人取得这块海外领地，马尼拉被新的经济政策刺激，进入快速发展时期。而福建人数百年来，一直把这个离家最近的群岛，作为他们向外谋生发展的地方。无论是地缘因素，还是心理习惯，他们到这个地方都是顺风顺水。

一个已经在那边的朋友为他出谋划策。信，盖着荣义布庄的印章。

字迹流畅，思路清晰，表达仔细，结构合理，写它的朋友像是个有来历的人。

汝何姓名？汝几岁？何时回唐？搭何船？做何生理？在何街路？做生理几年？本钱若干？为何许久不来？汝识此二位见证人否……那人为他预设了种种提问，让他像学生一样模拟答题。

信，勾勒出一个新客的面貌，至于签证官信不信，那就看运气了。

出现在我们面前的这个人，已经做了十二年，生理稳定，看起来富裕而体面，是个可靠的人。布庄一直与岷埠的皆艺莲描，从前是七号，现在是十七号，地点没有变，以前是华人管号头，现在是美国人在管。他的布庄本银三万元，他是大股东，本银一万二千元，其他三人，陈乌九、郑登岸、张国太各六千元。他们都是可以托付事情的人，不是乡人，就是同宗，看样子没什么要他操心的。他在1899年回唐山，在泉州开公司做宁波的生理，看样子也挺好，马尼拉就顾不过来了，所以一去八年。他在三吗务郎岸也有生理。有两个马尼拉的同行可以为他做见证，好像是欧美人，名字像三百年前《东西洋考》里的一样拗口，让现代人看来云里雾里。一个叫实笃务，在实笃万公司，是亚梨挽人；另一个叫安嗷哗未里昌，是厨戈人。以前，郑虾哥做美雅系生理，所以彼此认识。安嗷哗身材稍高，实笃务稍矮。

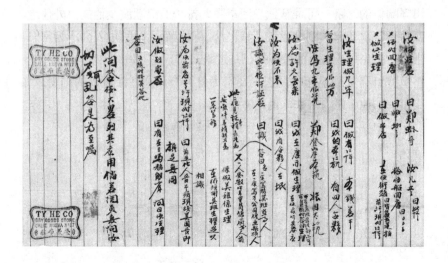

　　模拟问答逻辑清晰，合情合理，每一个细节都考虑过了。还好不是互联网时代，财务情况无迹可寻，移民官也没有要你出具银行资信证明。郑虾哥需要让答案了然于胸，特别是拗口的外国名字，别弄乱了，至于三吗务郎岸的生理，到时"按算"着说吧。"按算"是典型的闽南方言，顾名思义，就是自己估计一下吧。到时候让签证官彻底相信。

　　五十四岁的郑虾哥想来是有过一些阅历的，他的朋友替他设置的身份应该也和他的气质匹配，所以，我们也很愿意相信他就是一个有本事的商人。他说的事也挺合乎华人经商习惯的，那些由乡邻、宗亲联手做起来的公司、商行，信任如同契约，股东离开自己的公司若干年倒也司空见惯。

　　但是，这的确是属于他自己的身份吗？

　　如果是，为什么需要有人不厌其烦地替他设想他的职业细节？八年时间他真的脱胎换骨了吗？那些看起来十分丰满的生活经历，背后尽是充满悬念的故事。

　　在郑虾哥想去菲律宾的这几年，世界形势发生急剧的变化，帝国大厦因为几场对外战争的失利，悲壮地坍塌了，龙的子孙成了"黄祸"，被那些拥有种族优越感的人拿来刺激公众情绪，为他们的生存焦虑减压。西方世界弥漫着一股对华人不太友好的情绪，美国掀起了排华浪潮，有些人死于非命，更多的人失去财产。帝国在死去以前也的确发出哮喘似的怒吼，可谁拿他当回事呢？排华的浪潮波及他的海外住地，在前一年，菲律宾刚刚通过了移民法，再以后，限制华人会成为常态。当年，祖先扬帆海上的荣耀早已是过眼云烟。

　　郑虾哥抓住盛年的尾巴，要努力打开一扇通往新世界的门窗，如果事情如他所愿，未来，也是够拼的。

六、凡人的梦想和远方

凡人去了远方，他的梦想却在乡下。

他们家在海边，于是坐船去了对面的海岛。叻，他们这样称呼新加坡，这是他去的地方。

孤身在南洋，他仰望星空，南洋的星空和乡下的星空并没有什么不同，他想星空下的妻儿，他背井离乡去打拼，不就是为了他们吗？

三封家书，谈的是房子、孩子、银子，和现在打工族想的，没什么两样。

哪一天，背弯了，头发白了，能够在乡下挣一片天，攒一块地，起一座宅院，养一群儿孙，那就是前世修来的福气啊。

春天，他想在乡下买一块地，钱存好了，他不在家，是妻子在办这件事。

他想在自己的地上，种植，收获，过实实在在的日子。每季，有人告诉他田地的消息，生长的情况、收成的情况。担忧，有的；喜乐，随季节一波跟着一波。他是农夫，到城市，没有把妻儿带在身边，对他来说，远方太远，没有熟悉的气息，总有一天，要回到出发的地方，种地，劈柴，让时光一把一把流逝，多么笃定。田地，自己做，也可以找帮工。年轻时，让它产口粮，饥荒来了不慌张。老来，那是伙伴，种花锄地，和孩子们做一些有趣的事。有田地，才知道四季的消息，八节的风景；才知道，长长短短的人生，什么是明月可期，来日方长。

隆冬，新房子起好了。

在乡下，有一幢房子，多么令人满足。房子要结实，气派。窗棂有雕花，屋脊的燕子似会飞，门扇要厚实，上面画着画，写着诗，说着祝福。夜里开门，门轴转动声浑厚，让人安心。地上要铺上红砖，冬暖夏凉，可以做梦。灶间要宽敞，每天灶火旺旺，满屋都是好闻的米汤的香。

新房子起好了，剩下门窗，门来不及装上。北风冷索索地往屋里闯，夹着海水的湿气，刀子似的。这样住着，要生病的。赶紧找来师傅，安上石窗，装好门，别冻着，他说。眼里泛过一丝柔光，好像说话的人就在眼前，他依然不在家。

他真愿意在这样的家里待着，白天，有好看的炊烟，晚上，有温暖的烛火，他隔海远远看着，知道一切都是值得的。

孩子，就别这么急着来找父亲了，好好在家待着，送到学校，好好念书，知书达礼，学会了本事，再来跟父亲挣一片家业不迟。

那三封家书，说的是凡人家事，完成它，却要用人的一生。

七、在外求生的滋味

求生，说着扎心。

他努力，孤独，不开心。马尼拉不是家，是求生场。

在苦涩的海水中挣扎，松口气是要溺水的。家里有老母、妻子、儿子，他敢溺吗？这情形，有点像现在还在职场混的大叔，累得像牛，笑得像花，谨小慎微，不敢生病。偶尔闷骚，归来早已不是少年。

他好像忍着不想把难处写在信里，却又忍不住说了两次，求生、求生，心情湿漉漉的。

琵琶，他的妻子，在听他说。她有那么好的名字，好到可以用来轻抚慢弹，月下长歌。但是，她不过是个半老女子，徐娘都不是。丈夫不在身边，生命有些干枯。陪着婆婆，带个小孩，那是夫妻俩一次次祈求先人保佑才有的。还算是辛苦等候，天终不负。

他们结婚时年纪已经不轻，再加上一个远游，忙着求生，婚事自然耽搁了。一个在家，境遇平平，当然也晚了。中年的婚姻，纵然有许多磕碰，大都也懂得担待。虽然不及少年春情荡漾，到底稳重有余，更何况还有一个好不容易有的男孩。

想到这些，不由得人心生许多柔情。但是，求生、求生，那念头在，再好的心情也要支离破碎。该不是这就是人生？试想，结婚十几年了，这么担着，心境好不到哪里去。都说人间烟火，最抚凡人心，他有吗？

他努力求生，只为了每月寄养家费，一封信看不到他的全部，只知道他过得很难。

汇票已经寄回去了，用好，给母亲一些，帮妹妹一些。内地物价是不是又涨了？钱够不够用？每月来信告诉我，好让我寄的钱够家用。

他能担当所有，心里也这么想，他不会让妻儿受寒挨饿，只是，他的收入和开支，是掐着手指左算右算，算完还想再算的。所以，每月一报，努力给足。

什么时候变得这么斤斤计较？他不知道。

厦门海边那个家，挂在那儿，由不得他不小心计较。

信写在1948年9月，仗打得激烈，他得熬着，再一年，天就开了。

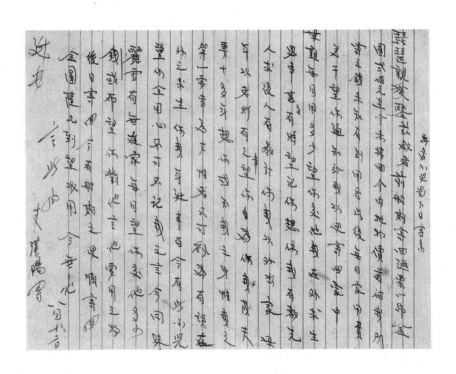

八、圆　满

1940年，生计好生艰难，到处在打仗，没一刻消停。

人们已经习惯这样的日子，世界不太平，不是一日两日，先是欧洲人弄欧洲人的，亚洲人弄亚洲人的，然后，就搅在一起了，越搅越大。

战争早先还远着，但已经影响了生计，生理难做，物价高昂。那是欧洲人的殖民地，荷属、英属、法属，宗主国动荡，殖民地也不安宁。

报纸发布的消息越来越让人焦虑，南洋还是日光灿烂，夜夜笙歌，可是战争已经近了。

从4月开始，德国横扫了欧洲大陆，连取丹麦、挪威、荷兰、比利时，几十万溃军拼命从海上挤向英伦。6月，法国丢了巴黎，索性降了。7月，不列颠空战开始，打得昏天黑地。欧洲人自顾

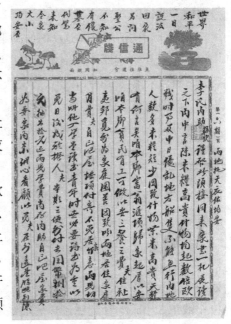

不暇的时候，日本夺取了法属印度支那，他们梦想造一个"共荣圈"，太平洋战争不远了。

5月底，陈嘉庚带领南洋总会的人参观延安，受到热烈欢迎，形势一直在变，国家要团结，生活在南洋的人才会看到希望啊。

刘谋珍，一个人生活在沙捞越，贫穷、厚道，为生计奔波。外面的事，是他想知道的。家和国，一直在他心里。他是个敏感的人，已经觉察到，局势动荡，影响了他的生活。

他很想回祖国，他想他的妻儿。他已非常久没见他们了。只是，他不能回去。

他有他的战场，必须十分努力，人生才不至于落拓。

十几年前，他和兄弟们来到这里，想有朝一日不必再那么辛苦，现在，依然那么想，依然那么辛苦。"业债"，闽南人常这么说生活得劳心劳神的人，好像这是前世注定的因果，既然是"业"，就"业"着吧。

日本人其实还没有占领沙捞越，街市平静，船期如常。数百年前，闽南人来到这里，经营土产，开发港口，人丁兴旺。现在，这里是英属殖民地，没落帝国，还有余力挺几天。日本人虎视眈眈，但拿下它，还得等一些时日。

相对于后面的战火，这个时候的平静倒有点令人害怕。

战争让生计艰难，他倒想回国，兵荒马乱的，大家好歹待在一起。可是，家乡米粮物价高昂，价涨得飞快，两个儿子在读书，学费也加了。五月，已经加寄了钱，心里还在担忧，家里是不是有债要还？回得去吗？

刘谋珍知道自己身在夷邦，困苦觅利，才能这样每个月寄钱，填补家用。南洋的日子好漫长，他跑腿，卖力气，独自流汗、吃饭、睡觉，弓着背在田间，头顶毒辣的日头，前面的路好像很难，但后面也没退路啊！能让他坚持下去的，也只有妻子和儿子们了。想到这些，不知是酸苦，还是甘甜。

人过中年，还不宽裕，这辈子，怕是要这样劳碌下去了。人世间，这命，得认。所幸身体结实，卖把力气，一家人的口腹还顾得过来。他是不是有许多夜，蜗居，对星星，数着白天挣来的一张张小票，一枚枚银角，小心地存到锈迹斑斑的铁罐里，过些时日，满了，再寄给家里的妻儿？他是不是常常闻到家里白米饭发出的香，看到孩子们上学时开心的表情？

在那遥远的南洋，异乡人的孤独如影随形，他追着生活，生活压着他。他也许一次次在梦里奔跑，害怕脚一踩空，跟不上了，他被遗落在空荡荡的荒野，连一双可以拽一把的手都没有，夜空像大幕，铺天盖地地压着。

他交代他的妻子，凡事颗粒计较，挤出点钱，春天放点税仔谷，秋天，就可以给家里添点米粮。日子容不得半点喘息。比今天的那些孩奴、房奴，怕还要吃力许多。

他一遍遍地交代妻子，他在祖地的时候，凡事自己把握着，不肯欠别人的钱。现在他在外地，妻子在家，更不要被别人理论。

那个不肯在别人眼光下活着的人，很努力、很担当，但是天不眷顾，他半生漂泊，至今依然不敢懈怠。

他们曾经有一个大家庭，祖母、叔伯、兄弟、妯娌们生活在一起，有享不尽的天伦。一口灶，一鼎饭，一种温暖的家庭仪式联系彼此。然后，出洋的出洋，祖母终于也老去，不再有力气把儿孙们拢在一起。有一天，她说，分开过吧，各自安排伙食，那时，他刚好回到祖地，

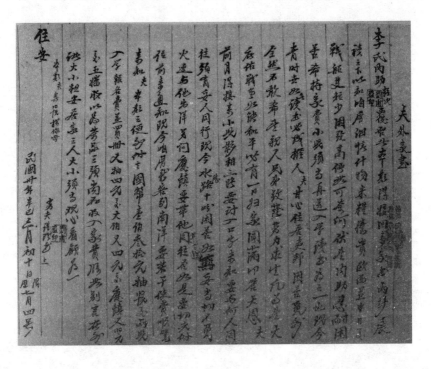

难过得快掉眼泪。从此，他们成了一个独立的家庭，不会再有其他亲人和他们搭伙。他不在家的时候，妻子就要独自照料一切，而他，只能远远地看着，心里充满担忧。

那是个自尊的男人，乡邻眼里的番客，凡事自己扛着，不愿意在别人面前露了窘态，不愿意妻子苦着，在他不在家的时候，失了颜面，所以，他要努力挣钱。5月，他寄了家用。6月5日，寄八十元；7月2日，寄一百元；去信时，加十元。8月4日，也就是这次，寄一百二十元，逐月增加。他仔细地算给妻子听，你好像看到物价水一样哗哗上涨，让人听得心一点点往下沉。

那可是家里的一棵大树啊，虽说不上枝繁叶茂，遮风挡雨，还是可以的。万一折了，那个家，就不好了。

他还想再说些什么，总觉得有什么没说。你好像看到一张憔悴的脸，蠕动的嘴，浮在薄薄的纸上。

世界和平之日，回归祖国，一切圆满。

最后，他用了很大的力气说。

常想那个被生活压弯腰的人，面色凝重，笑容苦涩，背影孤独，读信，才知道，他的愿望，多么珍贵。

九、比悲伤更悲伤的

太阳快落山的时候，读到这封信，你觉得暮光金灿灿的，你已经无法置身事外。

沙捞越古晋的叔叔谋灿想让孩子完成中学学业后回国就业，战乱刚过，南洋怎么看都不像好谋生的地方。福建南安的侄子永城、永波则想让叔叔帮他们到古晋，因为他们很担心他们的父亲，而且，也希望母亲早点和父亲团聚，他们离别的时间太久了。

二十几年前，父亲侯谋珍和兄弟谋灿、谋炳几个人到沙捞越古晋，过了这些年，境遇渐渐有点不一样了。叔叔情况还好，他和妻子儿女生活在一起，日子很平常，如果不出意外，会这样安稳下去。父亲还像初来乍到时那样，在乡下做农事，钱，总是缺的，境遇，看起来有点糟。本来，差不多每个月都会给家里一封平安信，随信附生活费。

现在，胜利了，本来应该高兴，人却没消息了。这件事让孩子们很着急。

叔叔找到两个侄子，他们有一些年没联系了，知道平安，大家都很开心。家里好吗？母亲好吗？你们还在读书吗？还是在做什么事业？希望你们来信告诉我。你们现在大概都长大了，不管是读书，还是做事业，都要努力才好。你们的父亲在西连，离古晋三十八里，在那个地方种稻。和平以后，来过古晋两三回，但这次，已有三个月没来了。大约因为农事忙吧。叔叔给了侄子两万"国币"，让他们拿五千"国币"给他们的伯公，剩下的给他们花。知道哥哥境遇不好，弟弟总是不声不响给他们一些接济。

好像到这时候，侄子们还没联系上自己的父亲，叔叔才会在信里说了他们父亲的去向。

哥哥的境遇很令人担心啊，二十几年一个人在外，远离家人，牛一样使力，也没见出息。老在为头路焦虑。家小，等钱；做事，少钱；米贵，钱薄，大半生就这么过了，日子好像还在原地。

弟弟总想着哥哥的脸，应该是古铜色的吧，那是皮肤被日光曝晒后留下的。皱纹像沟壑一样，风吹的。眼神疲惫，孤独惹的。手指像鸡爪一样弯曲、开裂，那是常年干粗活留下的痕迹。过一段时间，他会走很远的路，来趟古晋，办些事，买点东西。来时，会带点乡下土产看弟弟。说说话，吃了饭，就急着回去。留他，不肯。说家事，总是摇头，叹息。只是提到孩子们，才高兴起来，但不知道现在他们怎么样了。

一个人在外面生活，中间回了几趟，身边没个知冷暖的人，洗洗缝缝也是自己。儿子们读书，家里头用度，都靠他自己。

谋珍是个很要强的人，时运不济，就更不愿意被别人看低。他交代妻子，别让人催着讨钱，钱不够，我来设法。贫寒的家庭，孩子更要念书，将来争气。

侄子们询问叔叔，仗打完了，邮路也通了，为什么反而没了父亲的消息。

印象中，父亲是个慈爱的人，可记忆里却找不到太多东西。二十

五辑：在梭罗

几年前，父亲和叔叔出洋，永城还在母亲的肚子里，那时，父亲和母亲刚刚结婚不久吧，就这样丢下她一个人，说要去南洋打拼。中间回了一趟，又有了弟弟永波。这二十几年，父亲一个人在外，母亲独守空房，彼此都陌生了吧。兄弟们在思念中长大，父亲每次回来，总是匆匆忙忙的，像个客人，吃个饭，睡个觉，住几日。问他们功课，摸摸他们的头，样子好开心。等他们懂事，知道父亲不易，母亲不易，父亲就是照片里的那个人，每个月的生活费，陌生、疏远，却是支撑他们的念想。

叔叔说，他们的父亲，出了点岔子，几天前，来了趟古晋，兄弟俩见过面。知道他在山上的草房子不小心被火烧毁了，现在，也不知有没有地方住，生活很拮据。现在，战乱刚过，交通不便，物资很缺，费用高昂。想做事，不太容易。没准要另谋营生。

兄弟见面时，弟弟把侄子的来信给哥哥看，哥哥看了，低头沉默，没说什么。

这个样子，哥哥又能说什么呢？他曾是个爱家的人，现在还是。

这件事让孩子们虚惊了一场，父亲并没有凭空消失，在人生的低谷，他躲了起来，不想打扰别人。其实他还在努力，相信一切会像从前那样。

这个世界，常常就是一边哭着想逃跑，一边咬着牙努力。有时，一次缺钱，就可以把一个成年人击垮，在他们屡遭挫败的时候。

叔叔愿意帮助他们到古晋，他让他们等，待交通便利了，放松入关，就给他们办手续。

叔叔说，好男儿志在四方。他们的父亲的确老了，家，需要年轻人来担。父亲闯荡过了，现在轮到儿子们来。

叔叔又寄了两万"国币"给他们，还是让他们取五千"国币"给伯公，叔叔知道，嫂子在家等着用钱，番水断了那么久，一定急坏了。

谋珍的其他四个兄弟情况还好，大家都成了家，谋炳的妻子上个月刚生了女儿；谋祺有几个儿女，在卫生局服务；谋郁的妻子去年也生了一个女儿，他现在和谋炳一起做化妆品生意。没什么富贵命，但日子还过得下去。

读那些家书，伤感停在我的心头，命运怎么这样，可以让弟弟淡定地述说，你以为他们已经说完他们的事？其实那只是开头。

后来，谋珍的孩子和他们的母亲在叔叔的帮助下也来到古晋，他们的生活，想来会好起来。

十、担　盐

　　两封家书，一封是王虎狮给妹夫黄德的，时间是 1925 年 8 月 10 日。另一封是侄子担盐给姑父黄德的，时间是 1946 年 6 月 28 日。中间隔了二十多年，像断了线的风筝，不知发生过什么，结果令人唏嘘。

　　担盐，干体力活的人的名字，暗示他的出身。也许，他出世时，他的父亲王虎狮真的就在村子里大汗淋漓地担盐吧。他的村，就在海边，村里的孩子都是吹海风长大的，无论走到哪儿，他们以后的生活，总会有挥不去的咸涩味。

　　1925 年，是担盐一生中最难熬的一年。他独自一人，守着空荡荡的房子，努力学着照顾自己。想象他的生活，蓬头，赤脚，饭有一顿没一顿的，衣服破了没人补，脏了没人洗，夜里，他会被寒风吹醒，然后在惊悸中重新睡去，日子异常艰难。因为，他只是个孩子啊。

　　王虎狮的信里没交代孩子母亲，我们只知道，一个孩子被抛在荒凉的人间，母亲不知怎么了，父亲远在天边。

　　姑父姑母来看侄子，眼前的凄凉让人落泪。他们带走担盐，和他们生活在一起，并且写信告诉哥哥。

　　穷人家的孩子都是晓事的，无非是家里吃饭桌上多一副碗筷，睡觉时床上多一双脚而已。

王虎狮是几年前去的南洋，爬滚了这么多年，也没见好势。眼下，生理异常清冷，他想回也回不了。家里的一切，只能靠妹妹妹夫了。

对于妹妹妹夫，他心怀感激。

教育这个孩子，他日长大成人，要好生报答姑父姑母。

找个妥当的人照料家业，告诉我他是谁。他对妹夫说。孩子和家业，就是他与唐山的关系。

时间一晃就是二十年。中间发生了什么，不知道。

那一天，太武山脚下点仔尾马路边的黄德家，忽然收到了新加坡的来信。那时候，村里人常常会忽然接到南洋来信，然后，杳无音信的那个人，又出现了。

1946年6月28日，担盐，那个当年生活在黄德家的孩子，来信了。

姑父大人，很久没给您写信了。战争时期，音讯阻塞，唯有遥望家乡满怀惆怅。祝姑父、姑母福躬康泰合府均安。

人一旦意识到成人，他会特别想回到过去，那些在人生最荒凉的时候拯救了他的人，就是他特别想念的人。

离开家乡去寻找父亲已经十几年了，担盐终于又找到了养他长大的姑父姑母。在分离的那些日子，担盐也许一次次想起姑父姑母带他离开时的悲悲喜喜吧，他的姑父姑母也许一次次在梦里见到他们带大的孩子吧。

现在，那些曾经朝夕相处的人怎么样了？来信告诉我啊。担盐说。

担盐告诉大人，他已经结婚了，女儿也已经五岁了。那是个在战争中长大的孩子。他的父亲去年在暹罗去世，现在，他生活在新加坡。

人这一辈子，风里飘絮一般，转眼就一个十年，又一个十年，中间，是大片大片的空白。我们知道期间发生过战争，知道人们曾经艰难度日，那些曾经相亲相爱的人，在彼此的视线里淡进淡出，交集离散，待尘埃落定，一个去世，两个已老，一个成了五岁孩子的父亲。隔海相望，物是人非，恍如隔世，何以言说？无以言说。不知何时再有风起。

人世间的悲喜，莫过于此。

十一、生命中不可承受之重

这是一个很单纯的故事。

一个年轻人，为了避仇，告别父母、妻儿，单身南下，在以后的两年里，努力挣扎，三个名字的背后，是不肯告人的焦虑，在故事的结尾，他像雾一样消失了。

那个石塘小学的前任校长有三个名字：耀东、沧声和苍生，每一个名字的背后，都是他变化的际遇和心境。

耀东是父亲林奇尧给的，载着父亲的期冀。他也很争气，年纪轻轻，当了石塘小学的校长，和邻村同学结了婚，成了两个孩子的父亲。前程说不上锦绣，却开始得实在。

他在1947年7月出洋。次年秋天，他名字成了沧声，心已沧桑。第三年春天，他在给父亲的信中改叫苍生，悲苦莫名。三个月后，父亲失去他的联系，又三年，在颜姓亲戚那儿，他的行踪最后一次出现。从此，杳无音信。

叫耀东时，他的人生大抵平顺。父亲林奇尧年少时作客南洋，还乡后热心乡族，两边都搭了些人脉，家境大体说得过去。直到有一天，父亲与人有嫌隙，他年轻，记起自己是家里长子，不愿父亲委屈，借了两把驳壳枪，便想搏命。对头是有势力的人，自然不肯罢休。父亲动用了一些关系，送他去南洋，本是避祸，不料，他的命运自此逆转，石塘小学的年轻校长踏上一条不归路。

1947年7月9日，林耀东登船，五天后到达星洲（今新加坡）。坐了一百一十四小时的船，在拘屿上被禁了五天，这才登陆。

拘屿在新加坡南边，现在叫圣约翰岛，英国人在岛上设"亚洲移民检疫检查站"，对新移民隔离检疫，无论男女，极尽凌辱。

这仿佛是一切不幸的预兆。

那个对前途充满憧憬的年轻人，对即将到来的厄运惘然不知。

"今吾必有志劳苦。能后日换来对得起大人费了这种心思，给儿所养之劳苦。"离开拘屿那天，他写信给父亲，自此他要努力做事，报答父亲养育之恩。

那是他给家里的第一封信，到第九封信结束，勾勒出他猝然开始的南洋生活，戛然而止的人生。生命的欲望，从光亮到急剧暗淡，前后不到两年。

那字，有不愿委屈的线条，不掩着的悲喜。

意气左右了他的命运啊。那个人本想飞，却被拦腰折了。

他想做一个好儿子啊。

君子好财，取之有道。祖业有限，他要往外进取，像个好汉。

他要做一个尊老敬贤的男子汉大丈夫。

他要家中大小和他一起孝顺父亲。

他要安分守规矩，不让父亲担心。

他憋足一口气，不肯让父亲失望。

虽然是避仇而来的，但对耀东好像是一次心情的放飞。17日那天，汤臣伯父等在岸上，到移民厅交接，客栈住宿，办理前往诗巫（泗务）的船票，晚上，又延引到家里和伯母、弟妹们相见，谈及家乡风情和南来原因，十分融洽。星洲风情自不同于唐山，国际大埠，各色人等，想必耀东也看到了。

23日，耀东乘佛叻号轮船前往诗巫，汤臣伯父花了一百二十元为他买了船票。他想到那儿看看，再决定是留在新加坡还是诗巫。伯父也答应如果不合适，可以再回新加坡。25日下午，他抵达目的地，见到表哥和姑妈。表哥在诗巫开店铺，看样子是做土产生理的，所以他提出在表哥店里学习。南洋生活费用高昂，米价是家乡的三倍，这是他感受到的第一件事。

后面的时间，他一直在找工作，曾经往泗里街，无功而还。接着族叔石象帮他在码头找了份工作，先生去做劳工，自然欠妥，做了四天，也就罢了。诗巫虽然是州府，但地方不大，店头很少，土产无价，找工作实在很难。店家只用旧职员，新客哪有机会。

年轻人仓促出洋，开头看到的都是好的，其实，谋生没有想的那么容易。父亲的亲眷故旧，也不是特别有力的人，所托之人都在尽力，结果却不能如他所愿，天天待在诗巫，日子郁闷，心情发霉。这是他接下来感受到的。

姑妈和表哥表姐妹们待他挺好。住宿和一日三餐都替他管顾。姑妈说了，看到他就像看到自己在唐山的兄弟。这是他一直感受到的。

那年轻人最初还有点傲气，此时也不敢多话。这样无所事事地待了三个多月，寄人篱下的心情已经有了。

哪想九月底，又发生了不幸的事。表哥的店头被人夺了去。对方让人发话，如果不退出，就要伤他性命。表哥性情温和，惶恐之下，竟连夜退了出来。耀东在家也曾桀骜过，但到底吃过亏，人在南洋，人地两生，连冲动的底气都没了。

姑妈家的难日子来了，耀东只好再寻职业自为生活。

一个多月后，耀东坐船黯然回到新加坡。走了四天三夜的水路，登岸时又被移民厅拘留了一夜，打电话给汤臣伯父，才被接了出来。这时他的心境，已不是离开新加坡时的样子了。新加坡的码头依然熙熙攘攘，可那已不是他的新加坡。

耀东接下来的工作在南洋制造厂，然后，转到星洲海南山树胶厂，小先生的身影淹没在大车间里，他的声音被机器声吞没，不会再有人在意他说什么。厂主只计算他的手能出多少件东西，该发他多少钱。他的学生们很快忘了他，石塘小学依然书声琅琅，但那里的一切已与他无关。

他有了收入，不多，每天八小时工作，工资两元，心情难过，急切地希望生活翻篇，他甚至和父亲说不久就可以回乡了。

他憋了一口气出来，心心念念，要回家和父亲一起扬眉吐气。父子远隔，却彼此依靠。父亲向他倾吐田园失收、兄弟阋墙的苦闷，他向父亲诉说求职无门、生计困顿的愁苦。两边都在信里挣扎，都在把情绪带给对方。

"你一定要立志奋勉，为父亲争气。"父亲说。烦闷之下，父亲眼下已无一可靠之人，可靠之人只有那个在外漂泊的儿子，真令人担忧。

"返乡近在眼前，远在长久。"我早晚要返乡的，他充满矛盾地说。回家的旅费在努力攒着，还没凑够。

那一夜，是他别乡周年的纪念，清清冷冷。一个人翻来覆去，想这一年，东奔西走，咬牙求存，竟就过了，心中烦闷至极。

"灯下愁书泪笔，不能再言。"他说。

在信里，他改名为沧声。

孤独，彷徨，独对长夜，他真想发出苍凉一声啊。

1948年9月，他又失业了。"二战"才结束不久，社会动荡，工厂停业，新加坡失业的人很多。他奔波了两个月，依旧找不到工作。11月，耀东不得不去了槟城，那地方生活着许多福建人，机会会多些。到那以后，才发现五叔已经去世，连骨骸都不知道在哪儿。老伯父神经不太正常，活着的亲戚四散生活。这时候，他的心境大变，日头暗淡下去。眼中亲眷，尽是无能之辈，父子都感到，指望不上那些人了。其实，亲友们会在路上扶他一把，愁苦时陪陪他，怎么走，是他自己的事。

这样奔来往去了一个月，又回到星洲，一个人住在山村，失魂落魄，心境萧索。

"觅一天食一天，甚苦楚。这也无可言，只想命运。"年轻人跟父亲说，充满了无力感，与那年纪不太相称。

在1949年2月10日的信里，沧声成了苍生。心境苍凉，除了对家里的负疚，连说话的力气都没了。

看看那封信，真想对他说，事情不是这样的。

这一年5月13日，锦里村的父母亲收到了一封奇怪的家信，如物品清单，别无他言。依他秉性，十分异常。

　　双亲大人：

　　　现承明鸿兄返乡，顺付（附）小箱一个，内八件鞋，大小三双，鞋托二双，电瓶一只，新航空衣一领，旧中山衣一领，并相片三张，请查收。恭请近安。

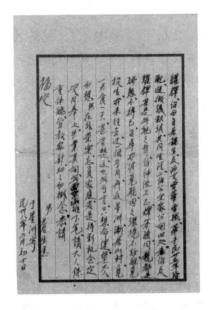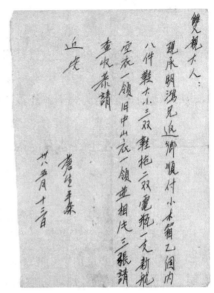

这是父母亲收到的最后一封信。

父亲，是不是知道事情不好了？

那年轻人抱着希望南去，想要赤手空拳打出一片天，不料时运不济，两年漂泊，在新马辗转，大半时间失业，有活长数月短数天，头路不过码头、制造厂、橡胶厂工人，他最大的愿望只是想跟开店的表哥学点生理，竟也难成。信心一点一点地磨尽，真令人心碎。

那年轻人心中愁苦，是他太想做父亲心中的好儿子、乡人眼中的大丈夫了。

从新加坡登岸第二天开始，他尽一切努力往家里寄钱、寄物。钱不多，几元、十几元，但那是头路无着落，亲友周济的。东西不金贵，名目也多，牛乳、咖啡、被服、鞋子等。我们知道他很想挑起家里的担子，可是，他大半的时间都在失业，或者在求职业，真让人崩溃。

他不想，不甘心，可又能怎样？名字都改了两回。他那么年轻，心比天高，想有一天可以傲视乡里，不承想接下来是一连串挫折，他连根稻草都握不住了。

许多年后，我们读他的信，看到他的苦，却不能对他说，其实，你可以不这样的。

父亲一直在寻找他的消息。1953年9月，在新马的子侄颜金记给林奇尧来了一封信，告诉他，耀东兄自去年3月从他那儿借走一笔钱后不知所踪。出走前，常提起要去槟城找伯父，大家仍然在打听他的消息。

这是耀东留下的最后一条线索。

与那悲伤的故事有关的那两把驳壳枪，不过是少年家借来表达情绪的道具，其实什么也没发生。但是，他的命运就此走上岔道。

十二、家里只剩下床橱了

家里只剩下床橱了。

好悲摧的一句话。

这是大厦崩塌的前夜，世事艰辛，物价飞涨，能卖的都卖了。

庄氏向她的良人清水诉说母子生活的窘迫。那是在三月二十日，天寒。闽南民谚说，三月冻死播田夫。再这样下去，冻死的不仅是播田夫了。

不想又遇到雪上加霜的事：3月14日，儿子肯构突然大病一场，把她惊到了。良人在千里之外，家里没一个拿主意的，那个慌乱的女人四处求助，亲堂邻里都来帮忙，和她一起垂泪、黯然神伤。良人的朋友奕反是最出力的，折腾了五六日，求医、求神，焦心似火，还好，天没塌下来，孩子也安生了。

感谢神恩，蔡家的孩子躲过一劫。

女人跟她良人说起这事时，心有余悸。我们看到七十多年前的那个女人面有菜色，神情倦怠，好像刚从四面漏水的危船中侥幸逃生，身上还散发着浓重的湿气。

又欠下一笔债了，她的胸口堵了一口气。

日子越发艰难了。钱薄得像废纸，粟一担二万余元。先前寄了美金三十元，每元换"国币"两千三百元，一眨眼用完了，孩子治病的钱是挪借的，还时要加利息，神的恩典也要答谢。庄氏分分秒秒算计着接下来的开支。还好，她正在从惊悸中恢复过来。

儿子已经读四册了，上封信讨的花祺衫要大领的，回家得给孩子带寒天穿的大衣，这是良人要记住的。

母亲也来帮忙照顾孩子，这是让良人放心的。

没有兄弟帮助，你要珍惜自己。这是良人要明白的。

人情世事无一件不艰难，庄氏嘴角不由露出一丝苦笑，天还冷着，衣服都没敢添一件呢。她的生活凄苦，但有怨无悔，这些，良人当知道才是。

这个世界到底怎么了？让一个女人带着她的孩子，孩子大病初愈，钱花光了，家徒四壁。还好，许多和他们一样的人在帮助他们。这个要命的春天，还有点暖意。

不知以后，他们会怎么样。

六辑：海员和住在铸鼎巷的母亲

一、海员和住在铸鼎巷的母亲

他是个海员，每次出海，都要几个月时间，回家时，可以看见母亲的来信。自然，母亲接到儿子的回信，也就要等几个月了。

信里没有家庭生活的痕迹，大概，他还单身吧。所以，出发时，不会有人在码头依依惜别，回航时，也不需要急急忙忙地往家里赶。他可以先到老地方，理理发，喝两杯粗酒，天晚了，再回去。新加坡的家，不过是他的旅馆，简单得可以打包就走，没有多少记忆可以保留。没来得及洗的碗，没来得及叠的被子，没来得及挥发的男人气，会一直等着他。他在那里吃吃饭、睡睡觉，翻几张旧报纸来打发无聊的时光，然后继续跟船。

对邻居来说，他就是一个陌生人，是一个好脾气的大叔，久久露一次面，带着些花花绿绿的东西回来，东西多半是邻居的。所以，邻家的女人们，不管喜欢不喜欢他，大概对他都客客气气的。

他的身上没几个闲钱，不是不努力，是时运不太好。他穿着随便，也不算邋遢，至少，上岸时，胡子总是要刮的吧。当船长穿着漂亮的白制服发号施令的时候，他也许正在满头大汗地干活。

不知他的枕边，是否曾经留过女人的发香，和离开时落下的发丝。年轻时，海员可是许多女孩的梦。好看的水手衫裹着结实的胸肌，一个个港市的故事，流传成了传奇。漂泊是一个挺浪漫的字眼，谁都知道，动人的故事后面，会有很多心酸。

唐山是他的梦，但他不想回去。因为，他只是个穷海员，跟着船在几个荷属的小州府航行。每月的薪水仅够糊口，只有勤俭，有点积蓄，才能回去。那一个个沿途停靠的港市，灯红酒绿，夜夜笙歌，有人在那里荒唐、醉酒，挥金如土，他只能靠着栏杆，让海风把身体吹凉。然后，听一夜同事的鼾声慢慢入梦。梦里，他看见了母亲。

母亲生活在老家石码，在九龙江的海口。几百年前，潮水不停地拍打，人们在岸边用石头垒砌了长长的海堤，再后来，便成了一个人烟辐辏的城镇。铸鼎巷是他们的家，有窄窄的巷子，有凉凉的风，在炎热的南洋，好像可以闻到老家巷子里的气息。三个出嫁的妹妹——柿果、蕊仔、玉环会经常回家看望母亲吗？家里的老屋不漏雨吧？母亲还会去锦江边看船，去路边的小庙烧香吗？算一算，他离开家有多少年了。不知道那边粮食的价格是多少，给母亲寄的港币，应该够她生活吧。

1950年，新加坡还是英国人的殖民地，不过，已经拥有更大的自主权，七十几万的华人生活在那里，自第一批中国移民从九龙江口厦门港前往那里，已经过了一百三十年。而中国大陆的移民在这个时候几乎完全终止。去年9月，石码也解放了。以后很长的一段时间，会渐行渐远。

从石码，漂泊到新加坡，然后，又跟着船在海上漂泊，什么时候，可以不用让母亲，等儿子的回信，一等就等几个月呢？

二、等待去槟城的日子

他留在鼓浪屿，朋友长江就要启程去槟城了。他有点伤心。

他们原先打算相约做伴去的。

家人从南洋寄来了船资，那是他们打听到的数字。清明前，他们告别了父母出发了。从泉州到鼓浪屿，路不长。但是，那是在战时，要从国统区穿越日占区，走得有点提心吊胆的。

3月2日，他们从东石搭船，先到浯屿岛，等到14日，才到鼓浪屿，一路平安。沿途遇到过打青天白日旗的舰船，也遇到过打膏药旗的舰船。

到了鼓浪屿，这才发现，情况不好了，船资已经涨到了每个新客两千一百元。连同栈资和什杂费，至少两千五百元。汇来的一千三百元，那是以前的价。

这消息真令人沮丧，家里差的就是钱，旅资是拼凑来的，忽然涨了一大截，他有点蒙。这样，船拖着黑烟走了，两个人留下来了。

鼓浪屿是个好地方，但那是富人的天堂，漂亮的林荫道，欧风大别墅，巷子里飘着钢琴声，海边走着形形色色的上等人，那不就是他们想要的生活吗？现在，他们只想早点离开。

长江写信去槟城告急，信去了二十多天，还没回音。不知是战时交通不畅，还是家人为难，真是进退两难。

等待真令人焦虑，眼看盘缠一天天少下去，两人心里一直发虚。咬咬牙，决定把所有的船资合在一起，让长江先走。等长江到了槟城，再设法凑齐船资，让他过去。他们是好朋友，没什么好担心的。至于长江能否妥妥地把他弄过去，他没多想。

他只好继续等下去，这一等，感觉好长。

在信里，他告诉父母亲这些情况，不愿告诉，但不能不告诉，按行期，他早该到了槟城，有信报平安才是。这些日子，他落脚在小客栈，白天在岛上转悠，饿了在路边对付一餐，时间慢得让人发慌。

他常常想起父母，想到他们的期待，想到在一起时许多事，不由得为自己的少不更事愧疚。前路漫漫，思前想后，心情悠悠。

他又想起被抽去当兵的哥哥，不知道他的情况如何，有没有写信回家。

为国家服务那是国民的本分，请母亲不要日夜悲愁。他安慰母亲。一个儿子去打仗，一个儿子要出洋，母亲，如何不悲愁？

信不长，他平静地说完这些事，好像忙完一天活，该上床休息了。

他不识字，信是长江代写的，朋友、亲人、家国都在里头。鼓浪屿的风还有点凉，朋友拿着一半属于他的船票，他送他登船，自己不知道什么时候也能像他一样动身。

他要去的地方，几个月后也被日军占领，他们千里迢迢，欢喜而去，前面的路，谁能预知是福是祸？

这是1941年4月6日陈基淘从厦门给父母亲的一封信。

那时，他离家已经一个多月了。

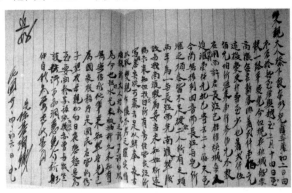

三、锡坑一家人

长大以后，吴家人怕是从没有齐齐地相聚过，不是这个孩子在马尼拉，就是那个孩子在马尼拉。在晋江锡坑的母亲，只能看着孩子们流水似的在眼前去去来来。

正月，身板从马尼拉坐难民船返回厦门。那可能是马尼拉驶往厦门的最后一班船了。在他身后，战火连天，美军节节败退，整个菲律宾岛失陷也就是这几天的事情。

哥哥身甚和弟弟身叹，还有堂哥身鱼留在马尼拉，应该是有生理要照料吧。身板夹在惶惶的难民潮中奔回祖国，得有人陪着母亲。

厦门从1938年5月被日本占领，到现在已经三年多了，去年4月，澄码石角东华侨公会开辟了从鼓浪屿到石美的航线，这条航线成了闽南通往海外的唯一通道。闽南华侨就是走这条通道，穿过日本占领的鼓浪屿前往海外的。

身板从厦门登岸后回到泉州老家。但他回家的那条航线，随着2—3月菲律宾、马来亚的陷落，关闭了。也许，他就是航线上的最后乘客了。

母子久别重逢，自然是喜悦的，之后，则是对留在岛上的人的担忧。

1942年3月17日，留在菲律宾的堂哥身鱼给身板写了一封信，问他平安，给家里寄了钱，说了点生理上的事，转达了堂叔梗让他帮忙把街口的厝业赎回来的口信。一切，好像还和原先的一样。

就是说，航线在3月17日以前还没断，信息还通着，但是，这封信可能是堂兄弟在战争期间最后的通信了。随后，是五年的别离，看惯打打杀杀的兄弟，可能没有意识到，这一别，会这么漫长。

1947年，战争已经结束，对身板来说，这个假期真的好长。

轮到哥哥身甚和弟弟身叹回家了，经历战争，活了下来，心早飞回家了。这一次，身板必须回到马尼拉，他和母亲已经生活五年，他不去，哥哥弟弟回不来，他们的生理不能无人照料。

身甚欢天喜地地请身板帮忙，让他采买生活用品和锅碗瓢盆，他告诉弟弟，他准备在十二月底回乡。恐怕，他已经在打点行装，老厝的气息，把他撩得心里直痒痒。

他寄了八百万元，够买一大堆东西的。看样子，他想在家里好好生活上一段时间。陪陪母亲，找找亲堂，访访老友，睡几天安生觉。马尼拉的生理，就交给兄弟们吧。

11月4日，也就是身甚给弟弟写信的那一天，女儿绣莲也给母亲写了一封信。信，意味悠长。

如有可能，就在今年秋尽量设法南渡。无论花费多少钱，一定用最快的速度起程，这样，身甚兄和身叹弟才能如期回到故乡。

身板想必已经习惯在家的时光了吧，母亲也已经习惯了身板在身

边的日子了吧。

母亲的心，女儿懂的。

1947年秋天，母亲在悲欣交集处等待儿子、送儿子，等来一个，意味着送走一个。

人这一辈子，何得圆满？

四、很久有多久

很久没有收到家里的来信了。

很久有多久？一个月，几个月，或者，更长。

他很是挂念。

外祖母好吧？岳母亲好吧？内弟郭陈石好吧？妻子好吧？

李丙成心里一个个问了过来，话，倒没说出口，纸短情长，他已经习惯挑最要紧的说。

在南洋，他有时会想起和岳母一起生活的外祖母，她一定是个疼孙女的人，妻子常常说起她的好，这让他觉得很亲近。她安静地生活在自己的世界里，不喜欢打扰别人。你看到她，会觉得时间像流水似的哗哗流，声音越来越稀。她笑着看孙儿们嬉嬉闹闹，听女儿唠唠叨叨，有时拿出私藏的小零食和孙儿们分享，带点小狡黠。卧室，是消磨她大部分时间的地方，在那里，可以一遍又一遍地说那些在世和不在世的人的名字，白发如雪，暮光暗淡。

他也会回忆起他的岳母，知道他会不在家，却愿意把女儿托付给他的人。丈夫怕是不在了，和母亲、儿女们一起生活，有许多事情要她操心，为家用烦恼，盼望儿子争气，希望女婿爱家，临别时，一定千叮万嘱，唠唠叨叨。女儿留在身边，女婿，路要小心走好。

当然，他最想念的是妻子，就像他想着海澄的双糕润，细腻、甜美。相处的日子，真的很短。有许多话，走了，才想起没说，想说时，已经离得好远，有点像城里、乡下流行的歌仔里唱的戏文，年轻的男女在台上咿呀咿呀哟，把离家的人，弄得心腹酥酥软软。冬窝，信里提到的第一个人，兴许就是她吧。在闽南话里，冬窝，是茼蒿的谐音。当地人喜欢为女儿取个果蔬的名字，信手拈来，亲切适意，据说名字粗浅，人也好养。

他想对妻子说些什么，却要借助对岳母说的话，令爱身体平安吧？有点怯生生的，好像在说别人的事，挺客套，让人以为有一个替他写信的人就在他身边，让他有点不自在。

在侨批里，我们常常看到女婿们给岳父母的信里，称妻子令爱，有点远，让人觉得那是个恋爱中的羞怯的年轻人，在大人面前小心地掩饰自己。其实，古板的背后藏着一颗萌萌的心。

想来那是个挺普通的家庭，女儿怕是不识字的，话是要通过别人说的，信是写给岳母的，内容当然是大家一起看的。那封信，就是一家人的公共空间，大家围着，对那个看不见的人说话，温暖、满足。夫妻俩想说的体己话，自然就藏下了，想拉拉手也不成。令爱好吧？他只好认真地对岳母说，好像那是个被母亲陪着的正襟危坐的年轻女孩。

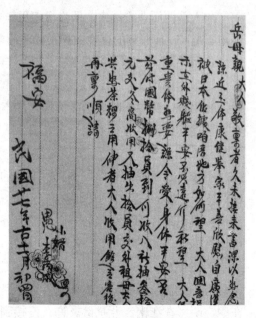

那封信的收件人是内弟郭陈石，表明那个家是有男人的，话是对岳母说的，看起来母亲还持着家，女儿轻轻带过，欲言又止，好像是住在娘家的新嫁娘。他寄了八十元给他们，冬窝三十元，外祖母十元，做零花钱，剩下四十元，给岳母，让她收用，轻重有别。看起来家庭和睦、长幼有序，一切都好。

一种不安的气息，弥漫在信里，广汉已经被日本人占据了，咱厝地方如何？家乡好吧。

1938年是个动荡的年份，日本人急着要结束战争，那个岛国的资源正被自己发动的战争一点一点地消耗，这样下去，处境难堪。中国贫弱，但有足够忍耐力，打倒一次，还能再来。日本人想发动一场一劳永逸的战役，直取长江边的武汉，那是辛亥革命的发源地，中国的腹心，好让国民政府就范。第九战区的司令长官陈诚将军带百万大军在那里应战，听说连苏联的航空队也加了进来。仗从夏天打到秋天，数十万人伤亡，还未见分晓。全世界都在看这场格斗，无论谁被击垮，都是泼天巨浪。丙成和那些生活在南洋的华人一定在焦急地等待结果，那里有他们的回家路。他们为国家呐喊助威，捐了许多钱，有人干脆就回国参战。

敌人从四面八方涌来，子弹像蝗虫一样乱飞，逝去的人泡在水里，不知道是谁，在悲痛的夜晚，有人对着月亮放声大哭。

10月中旬，日本人突然袭击广州，自青岛、上海沦陷，广州就成了中国最大的海上门户，汉粤铁路——国家的动脉，把海外的援助、南方的物资，源源不断地送往战场。战事吃紧时，驻守广州的粤军半数被抽往前线，可防守不堪一击，日本人一来，广州便沦陷了。汉粤铁路被切断，武汉没守的必要了，打了四个多月，城市也只好放弃了。

不过，战争并没有像日本人所期待的那样结束，接下来，是漫长的对峙，这对平民百姓真是煎熬。

丙成忍不住为家乡担心。中国的海外门户几乎就要被封闭了，战争越来越近，家乡会怎样？家人会怎样？

1938年12月25日，李丙成从印尼给住在漳州海澄县浮宫圩大街的岳母写了封信。那时，大战才结束一个月，双方还在喘息，血腥气还在飘，阴影在江南江北扩散。许久没接到家里来信了，丙成真的很挂念他们。

在武汉会战前的5月，日本的海军陆战队攻击了厦门岛，守厦漳的75师虽说是杂牌部队，打得倒还勇敢，连参谋长也受了重伤，守在九龙江口的胡里山和屿仔尾炮台也参了战，那几尊光绪年间的德国克虏伯巨炮，到底已经老迈，最终岛没守住，九龙江入海口落在日本人手里。

厦门和海澄是九龙江流域的重要港市，一前一后落在海口。她们都崛起在明代，因为和西洋人贸易而闻名。海澄因为有月港，发达的时间还稍早些。漳州人出洋，要经过厦门港，回来也走这条路，几百年来都是这样。现在，日本人占了厦门，再前一步，就是漳州，但他们停下了脚步，是力气使尽了吗？

那封信送到岳母手里时，已经是1939年年初，按信书写的邮路，应该是从印尼到厦门再到漳州海澄。但是，信是拐向泉州再到海澄的。丙成难道不知道厦门半年前已经沦陷了吗？

1939年初的九龙江海口会是什么样子呢？厦门岛飘着太阳旗，对面的海澄挂着青天白日旗，窄窄的海面，弩张剑拔，舰艇劈开一道道波浪，军机在头顶上盘旋。邮路断了，漳州船出不了海了，出洋的人还能回家吗？

信里的1938年12月，好像一切如常。钱寄出去了，问候送到了，邮路只是拐了个弯。

但是，以后的那几年，日子会变得异常艰难。

五、给女婿远修的家书

那是个寻常不过的家庭，和今天的一样。

儿子长大了，成家了，出远门了。

母亲生病了，病得不轻，一定是想儿子了，也许怕儿子担心，未必肯把病情告诉儿子。后来，幸亏找到良医，病也好了。岳母给菲律宾宿雾的女婿写信时，说了这事。

接到信时，女婿是什么心情呢？

令人尴尬的是，那封数十年前的家书，半文半白的，实在拗口，兴许那就是那个年代的言语习惯，你花了好大的心思想弄明白怎么回事，但仍感到有点语焉不详。这倒让那家书，留下许多情绪的空白，好让后人想象那时候的生活。

看上去是挺温暖的家庭，岳母和女婿，母亲与儿子，有美好的亲情，让人牵挂。但这事儿总有什么地方让人感伤，无法释怀。

远修，我的女婿，岳母说。这女婿挺讨岳母喜爱的，应该是个聪明、晓事的人。他给岳母写信、寄钱，和岳母说话，话自然也得体。那是个有教养的人，当得起长辈的爱惜。生活，不会太差，看岳母和他说话，口气松松的，柔和，并不需要为他担心什么。自然，他是爱他的太太的，岳母在信里对自家女儿只字未提，想来小两口的日子，没什么需要操心的。

母亲和岳母，不会太老，瞧岳母对女婿说话，慈爱有加，是对年轻人的语气。两个家庭关系不错，爱屋及乌啊，日常走动，儿子女婿不在身边，闲聊时多了话题。

她告诉女婿，亲家母生了场病，她经常探望，知道女婿不在身边，母亲一定不好受。所幸，找到良医，妙手回春，竟是治好了。这也是女婿平日孝顺积下的福报。现在才告诉他，他可以放心了。岳母提醒女婿，经常写信回来，和母亲说说话，以解亲人思念。

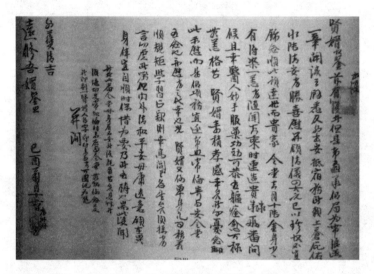

读这封信，远修心里一定暖暖的，知道在家乡，还有人念着。知道家人心疼他，不让他心生烦恼。家书，聊几句，没波没澜，温暖有加，人道女婿半子，果真如此。

想那个异乡人，也许就像我们今天的工薪族，平淡无奇的生活，熟悉自己的头路，了解自己想要什么，为房贷奔波，为孩子上学烦恼，家里有老人，乡下有父母，总是披星戴月，劳劳碌碌，人生开始了一阵子，后面的路还很长。干活挺带劲，想起来有些累，但累有所值。母亲病了，却来不了一次说走就走的旅行。

人这一生，少不了生老病死，该承受的痛楚，是别人无法替代的，但有事发生时，知道不需要一个人孤独地面对，多少有些心安。

远修一定明白这个道理。

　　这是一封宣统元年（1909年）九月十六日从石狮永宁西发出去的信，信的封面，写了四个字——"海国安澜"。那是在海路上流传甚广的一句话，挂在妈祖庙的神龛上；那是温暖而宏大的祝福。

　　对于岳母来说，海国安，则女婿安；女婿安，则一家安。

　　那一年，是宣统元年，国家不安啊。一个三岁孩子哭着成了皇帝，他名义下的帝国前景黯淡。

六、十月家书

话题出人意料地从丫鬟蕉治说起，那女孩已经到了婚配的年纪，在杨家待了有些年，一定十分晓事，深得主家欢心，大家没把她当外人。

"这事关系到她终生幸福，一定要为她找个好人家才是，别等到年纪大了，嫁不出去。也别草草了事，误了她的终生。"新加坡的杨天送对生活在老家霞阳村的母亲说。

蕉治，闽南话招治，或者招弟，很平常的闽南女孩的名字。她以后的日子，大约也会很平常。相夫教子，有始有终。

在闽南，得人疼的丫鬟，成年以后，以契女的身份出嫁，是常有的事。蕉治是这样出去的吗？带着大家的祝福。

那封信描绘了一张家庭关系图谱。

妹妹海螺想南下寻找哥哥，新加坡的哥哥是她的偶像，找到他，是不是就能找到她的梦呢？她应该是个没出过远门的女孩，想去看看外面的世界，不想让大好的春光，荒废在小小的村庄里。

霞阳位于九龙江口，先前是海澄县的三都，傍着海，出洋方便，人也开通。

闽南人家的孩子，都有外出谋生的习惯，女孩们也是这样。20世纪30年代，风尚已开，她们可以去读书，可以去找职业，做很多以前女孩子不能做的事。说不定，她还会遇上一个人，和那个人走许多地方，看到村里女孩们看不到的风景，从此过上村里女孩们梦想过的生活。

一向是家里主心骨的哥哥沉吟良久，并未阻拦，如果她这么想，也不是不可以的。妹妹一向是有主张的，相信她知道自己在做什么。

"这件事就由母亲决定吧。"他说。我几乎可以看见他嘴角流露出的淡淡的笑意。那是他从小喜欢的妹妹啊。去跟他生活，有什么不可以的呢？

"不过，眼下的生活似乎很难如意呢。"他温柔地对妹妹说，好像很怕惊扰女孩的梦。妹妹眼里光鲜的那部分，背后都有别人熬不了的苦啊。哥哥是新客，比不了根基深厚的土生华人。

1935年的新加坡，倒是个好地方。英国人开埠百来年，成了欧洲和亚洲海运的中转、国际货物的集散地。人熙熙攘攘的，机会跟着也多了。再过几年，日本人占领了那个地方，战火让那地方一片狼藉，倒是家乡躲过了一劫。这是连哥哥都没想到的。

在妹妹还在与母亲、哥哥商量这事的时候，叔叔已经到了新加坡。他来的时候是冬末，生理淡季，许多郊户都关门停业，一时没有合适的头路。郊户，闽南对商家的称呼。据说，那些做长途贩运的商家，在郊外卸货，然后运货入城，久之，便有了这种称呼。还好，他的工厂打算扩张业务，便向"龚文雅"公司租了一艘货轮，大约月内就可以到位。于是，厂里就聘用了叔叔跑航运。

"这倒是适合他的惯技，做起来一点都不觉得为难。如果长久做下去，将来是有希望的。"他告诉母亲。

叔叔的惯技是什么？八十多年后的我们只能猜。但那叔叔，一定是个头脑活络的人，在异邦跑码头，鱼龙混杂，什么事情不要应付？侄子倒是个明眼的人，一眼看出叔叔的秉性，顺带把叔叔的未来也给安排了。

天送让母亲转告祖母这样安排，祖母自然就不会担心小儿子的事了。祖母挂意的，孙儿们不可以不挂意。

不过，上次来信，写到章汉的事，既然叔老来了，就不必介怀了。章汉和叔老什么事？为什么提到这事，他突然称叔叔为叔老？把辈分亮了出来。为什么叔老来了，他就不必介怀了？没说。

安排叔叔是重要的事，重要的事做了，其他的，叔叔要自己来。

这个孙子，可以的。

天助，像是他的堂兄弟，住在山上吧，应该和他也有生理上的往来，近期有账要结，打算中旬来新加坡，顺带也听听叔父的教训。天助遇到问题，家里人都知道了，怕是有点难弄，母亲挺挂念的。可能也交代天送留意下他，和他谈谈，或者帮帮他。可是，别人的事，怎么好轻举妄动？天助遇到什么问题，为什么别人不好说，得叔父说去？天送没去和母亲讨论这个话题。

"母亲，请放心。"他安慰母亲。相信事情会处理好的，都是成年人了。大家庭，关系再亲，和不便插手的事保持点距离，才是明智的。

他关心的是家里养的那些黄牛。这是他和母亲的家事。将来行情可能要跌，请人蓄养又没有合适的人。商人的眼光总是看远些，牛价的起落，在千里之外是可以嗅到的。

"以儿愚见，莫若依行（情）卖掉好呢。"他恭敬地对母亲说。你几乎可以听见他说话时柔和的声音，有点像互联网时代女孩们的微信口气。养黄牛大约是母亲的主意，花了很多心血的，怎么能说卖了就卖了呢？得让她听得下去啊。

成通住的地方信寄不到。可能是搬家了，可以向他讨个英文通信地址。一家人，别落下了。

吉仔，他的堂侄现在是不是还像以前那样大手大脚呢？不知道是不是痛改前非戒了鸦片瘾了。这个毛病可真败家，即使每个月一百元，怕也是杯水车薪。希望大人要好好告诫他，如果下决心戒掉，还怕不成功。今天走到这一步，是他咎由自取，怨不得别人。现在要这样打算，首先是戒掉烟瘾，然后在家族里找一个能说服吉仔的人，这样还有成功的希望，所以，要劝告他勉励他，才好。

给家里寄的费用减少了，实在是有特殊原因。什么原因？没说，可能是生理不济吧，也许是战争影响了交易，也许是生理淡季，银根有点紧。不说，就是不愿家人担心，其实，心中有数着呢，没什么好说的。

要让儿子克修身体强壮，如果脸色不好，别乱买零食给他吃。给他买些鱼肝油对身体有益。彬彬虽是养女，也要好好抚养，别亏待了才好。

天送给家里寄了三十六元，具体分配交代得很清楚：祖母二元，叔母二元，小叔二元，海螺三元，素英三元。剩下二十四元给母亲。辈分井然有序，母亲当然是最重要的。给她的钱是用来持家的，别人的钱，是零花的。

最后，他请母亲代为问候两个长辈，祖母和叔母。

信写在乙亥年（1935年）的十月初九，很舒适的季节。母亲收到信，心里想来也很舒适。

挺喜欢八十年多前的这个人，成熟，稳健，说话柔和，行事果决。有能力，把大家拢在一起，却不被琐碎困扰。他的家庭也因此长幼有序，和谐可爱。

他的家事，若是放在当今，我等，会怎么做？

七、母亲的丧事

母亲去世的那一天是农历十二月十八，立春。再过几天，新年就来了。

照例，要有一个隆重的仪式。但是，他回不去了。

那是1950年初春，新旧交替，一切在变化中，就像这个季节。

施祥记接连两次收到家里来信时，已经是二月初。邮路不畅，家人急了。

生不能尽孝，终又不能奉送，这是做人子的一大缺憾啊！不孝之罪真是深重。他对深沪的妻子素芳说。

在唐山，国家新生，一切生机勃勃。但是，战事还没有彻底结束，对生活在南洋的人来说，时局依然紧张。信局不敢接受汇款，马尼拉市面上出现大量的假美钞，人心有点乱，形势的变化让人目不暇接。

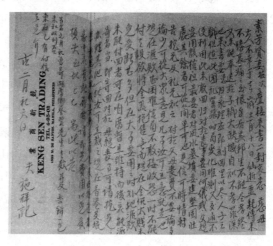

母亲墓地的建筑一定要坚固壮丽，其他的可以从简。那是母亲灵魂的住宅、儿子的心意，要让她在那里生活安宁、心情愉快，好护佑她的子孙，在家的，在外的，平安发达。

家里出了大事，主事的不在，他知道妻子现在很难。仪式怎么做，可以听大家的，凡事由你做主，费用不论多少，支付就是。我的信可以交给挖兄和礼兄看，请他们帮忙。外地的汇款一时到不了，把家里的金器拿去卖了吧。现在金价太贱，未免受亏。但是，大事要用时，厝里只能暂时先维持着，等能汇款时再寄。

二月初六，在那封家信里，施祥记把丧事做了交代。预见的困难也说了，解决的方法有了，帮忙的人也找了。一切有条不紊。

他说的话落在竞新商业的信笺上，应该是他的公司吧。字体宽厚，间距匀称，有很好的平衡感，显示出他的修养。言语略带碎碎念，那是他的心情，固然哀伤，方寸不乱。

那是一个成熟男人应该有的品性啊。

五月，母亲去世已经半年，哀痛大抵也平息了。

施祥记问妻子素芳，母亲的丧事都办好了吗？老家的礼俗，至亲去世那一年，有挺冗长的活动，人们要用慢慢流逝的时间、细节讲究的仪式，来消解对亲人离去的不舍。

料理得怎样，你要来信告诉我，免得让我在外地挂念啊。

施祥记写这封信时，整个世界都在不安中。仗才打完五年，心里的雾霾还没散，转眼又战云密布。新历6月，韩战爆发，那是两极力量的交汇点，脆弱的平衡，仿佛一夜之间被击碎，世界的神经瞬间绷紧。即便如此，母亲的事，不能忘。

他交代在家的妻子，如果战争爆发，交通断绝，一定要镇静，不要听信谣言。至于菲律宾岛，地处南方，战事一时不会波及，请家里放心。到底是从战争中走过来的人，许多事，看淡了。

那个细心的丈夫交代妻子，以后，他给家里的汇款，如果他没问，回信就不用说，因为当地的政府不让他们往唐山汇款。侄女汀的右手指四月生了痴，挺严重的，但现在已经渐渐好了，可以通知挖兄，让他放心。

汀，大约是挖兄的女儿吧。

不知痴，是什么毛病。

八、美好的婚事

父亲和哥哥平顺在垠，妹妹玉治和母亲在老家石尾杨厝社。他们的村子位于九龙江海口，族人不知道是什么时候迁居到这里的，出洋则成为理所当然的出路。

垠还有几个弟妹和父亲生活在一起，杨厝则另有两个弟弟跟着母亲。他们天各一方，日子平凡。现在，到了孩子们谈婚论嫁的年纪了。

父亲非常希望母亲和孩子们到垠生活，一家人在一起，含饴弄孙，那是他们想要的生活。他们正在咨询签证手续，但结果如何，还没头绪。

但是，那时菲律宾正跟着美国在朝鲜半岛和新中国交战，有挺长的一段时间，交通阻隔，香港成了生活在两地的人的中转地。许多人在等待签证中老去。

1952年7月，哥哥告诉妹妹，他大学快毕业了，并且，要订婚了。

离开杨厝社到垠寻父，半工半读，转眼过了五六年。9月，他离开学校，就可以找一份全职的工作，挣钱养家，父亲就不那么辛苦了。

哥哥和妹妹在信里讨论了婚事，他们的感情甚笃，你可以从言语中感觉到。在老家那些年，他们一定有过快乐的时光。

哥哥告诉妹妹，他的本意是要回国完婚的，像父亲一样，找一个家乡的女孩，和她一起生一群健康可爱的孩子，她替他照料上了年纪的母亲。那是上一辈人留下的传统，有现代人看起来挺不是滋味的温馨。但是，世界局势纷乱不堪，归国遥遥无期。父亲希望他完成学业后快点成婚，好让自己像老辈人那样早点抱上孙子。这自然也是母亲的希望。

"原来的愿望实现不了了。"哥哥深怀歉意地说。

他已经有了心仪的人，是杨其海先生介绍的，见面也是父母亲同意的，这事开始在几个月前，一切显得慎重而又合乎礼仪。重要的是，男女双方彼此都很满意，平顺，弟妹们的大哥、父母亲的大儿子，满心欢喜，要把这样的好消息告诉曾经朝夕相处的妹妹，他要娶的那个女孩，漂亮、温婉，受过良好的教育，宜室宜家。

那个叫秀玲的女士，是里人王作楫先生的二女儿，那真是一桩门当户对的婚姻。女孩二十一岁，华文学校毕业后，上了女子大学，那是培养淑女的学校，只有家境好的人家，才愿意把女儿送到那儿，就像是给女儿备下的嫁妆，好让她将来和美。

哥哥告诉妹妹，她未来的嫂子聪明、好学，每学期成绩都在一、二、三名轮转，现在已经念完家政和缝衣科，虽然年轻，处理家务已然得心应手。家长们看好这桩婚事，相似的家庭，孩子们相处起来会省去许多麻烦。这样的开始波澜不惊，却往往成就了许多牢固的婚姻。

"我观察伊和咱家庭定能融合得来。"平顺说。有父母弟妹的家庭对他来说很重要。

9月，是大学生毕业季，他会努力找工作，让自己成为有能力的男人。10月，他们就要订婚了。那个少年老成的年轻人，已然感到幸福在握。一切顺理成章，无须犹豫，找到那个你认为对的人，笃笃定定地一头朝着婚姻奔去。

平顺忍不住要和妹妹分享他的喜悦，并且希望妹妹和他一样幸福。

那是他最喜欢的妹妹啊，懂事、体贴，边念书，边照顾母亲，如果为人妻，那也是个贤妻良母啊。那个等着做新郎的哥哥跟妹妹说，母亲来信已经提到她的亲事。

"假若你不能来珉，一个女人也不能等到老没有归宿，对自己的终身大事要多注意，媒婆之言不要都听信，凡事应探听现实而确定。"妹妹的婚事，本来应该是父兄拿主意的，可是父兄不在身边，女孩的许多事要靠自己。

哥哥开导妹妹，一个女人不需要非得是富有人家才嫁，只要对方是个身体健康、性情温和又有做事能力并且肯做事的人就可以。当然，对方的家庭也非常重要，比如他的父母为人如何、家庭组织如何，也会影响子女将来的生活。好像是一个父亲在对女儿说话。那待嫁的女孩听了，对自己的未来，一定分外仔细吧。

"一个女人在嫁出去以前，对伊夫婿应多方考虑，势不能马虎从事而影响到终生痛苦。"哥哥又交代一遍。他请妹妹原谅他啰啰唆唆一大套，因为他没办法亲自照料好妹妹的婚姻，这真令他不安。

哥哥的话，像是替父亲说的。

那个20世纪50年代的年轻人，向我们描述了他的理性与情感，父母的愿望、对彼此家庭的期许以及两情相悦。人生大事，每个环节都要用心。

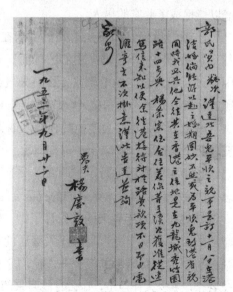

在他们讨论自己的婚姻观时，他们的父母则在安排儿女的婚事，父亲杨庆敦和母亲郭氏在信里反复商量婚期。与其说是在商量，不如说是在通报和倾听，不在身边的孩子，他们的未来只能听在一起的那个人的判断。

10月，平顺订婚了。

父亲给母亲寄去了儿子与未来儿媳的照片。让母亲看看那个未见面的儿媳，交代照片要交给港内村的岳父家和流传村的岳母家，让大家和他们一起高兴。杨家的大儿子要结婚了，幸福和期许都在照片上。

母亲远远地看到了吗？

1953年11月，他们结婚了。

结婚的地点定在香港，父亲和平顺希望母亲能赶上婚期，他们住在香港九龙城秀竹园亲戚家，只盼着母亲能顺利办好签证赶来。

从漳州到香港，路不太好走，在车上颠簸两天两夜，然后从罗锦渡进关，不像今天有动车，两边风景也好。

母亲赶上了吗？

这个时候，平顺已经找到了职业，在一家印书馆当推销员，做学校的生意。没有预期的那么称心，可是，他如愿以偿地结了婚，又如愿以偿地成了养家的男人。

平顺婚后仍然和父亲弟妹们生活在一起。一家人住在坭市郊区，每天，父子俩坐车进城，生活忙碌而又充实。坭市的风景会在车上一闪而过，他们会在途中聊些什么？天气、吃饭、大致可以的薪水？平顺的脾气，大约不会和父亲一起沉默到终点。

晚上，父亲也许会邀他喝杯酒，抽支烟，商量家事，家里的担子，变成两个人担了。

1956年的农历七月，平顺做了父亲。那是杨家长子有了长孙，消息很快会传到杨厝社，亲戚们的祝福会隆重而美好。

妹妹在1955年春天的时候订了婚，婚事是母亲定的，亲家好像在印尼的巨港，那个港市是漳州人聚居的地方，未来的女婿叫德福。父亲很想知道，女婿念了多少书，他们家在那里生活了几代人，多少人在老家，多少人在巨港，什么时候回来的。女大当婚，父亲开心而忐忑，巴不得对方的家底透亮。

6月，妹妹初中毕业了，婚礼也在那个时候。她有了自己的家，不会去垾和父兄一起生活了。父亲和哥哥原先是想让她到鼓浪屿继续升学的。鼓浪屿是厦门边上的一个小岛，一百年前对外通商，开放早，有美丽的景致和现代学校，如果她去那儿，也许会有不一样的未来。1952年的初中生，已经是个小知识分子了，何况是个女生。

但是，母亲来信说那是美好的姻缘，翁姑疼她，女婿也出息，事情就这样吧。

妹妹在哥哥做父亲的两个月后做了母亲，也算是兄妹的缘分吧。他们的孩子，会在他们在信里的说着说着中长大。

以后几年，弟弟妹妹们陆陆续续成婚，在垾的，父亲拿主意；在杨厝社的，听母亲的。他们每每感到遗憾，父亲缺席老家的孩子们的婚礼，母亲没有出席在垾的孩子们的喜宴。不过，孩子们不再像父母那样分居两地。

那对老夫妻，各自带着孩子们生活在两地，信，倒也频繁，话，通常寥寥。说的，常常是孩子的亲事、自己的身体和什么时候相聚，几十年就这样一闪而过。你知道，在那个时期，他们要见一次面有多难。

这就是他们的平凡的生活。

九、傅源水的平凡生活

1916年的中秋，傅源水是在船上过的。

八月十三日，由漳州城启程，十四日早才到厦门，如果放在现在，不过一小时工夫。那时日，要一路逶迤，途中过一夜，再渡海，登鹭岛，风尘仆仆，下午四点钟，上海坛号大火船（轮船）。十六日到香港，十八日再坐船往新加坡。

那一夜，沧海月明，潮声无边。不知漳州城那边，满城的月光照耀了谁的梦。

才进入"民国"第五个年头，漳州城还保留着前清时的样子。二十里围城，水边大埠，有最近四百年海市留下的底子。风物荟萃，人多有见识。

我们看到的傅源水

的第一封信，在八月十六那天寄出，到了新桥头的家，估计要到下旬了吧。

新桥头是漳州城最有名的水边闹市，因为那里有一座桥，叫新桥，连接闽粤商道，说它新，是水面上有一座桥比它还老，是几百年的那种老。上游的山货和下游来的番货在桥头上岸，新桥头便商贾云集，酒肆林立。从那儿可以看到美国人查尔斯·威廉拍在黑白照片里的八卦楼的样子。

傅源水的家在新桥头帝君庙边。在闽南一带，凡是有码头的地方都会有帝君庙，帝君庙旁照例会有老榕树，榕树下留出一大圈树影，燕雀啾啾，人们便在影子里闲聊打嗑、弦歌说古。帝君是武财神，是忠勇仁义的化身，但凡做生理的，莫不敬他。那是商人们喜欢住的地方，热闹，庙里的香烟令人们安心。傅源水离家时，想来会给帝君上炷香，祈求行程平安、生理兴旺。

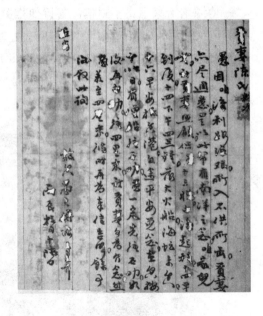

傅源水给家里写信时，信封的一面写的是英文，另一面写的是中文，好像被切割的生活，中文那一头，写着"新桥头帝君庙边"，是他们的地址，也是两边生活的连接点。现在，那个地方还有很多老庙，但不知哪座是当年的帝君庙。傅源水走过的路，还在，只是阔了许多，高楼林立的，脚下又有许多老房子，不知哪一家是他们住的。

他的妻子陈氏和三个儿子住在那儿，等他几年回家一趟，相聚几个月时间。三个孩子分别叫天赐、天福、天溪，他们差不多都成人了。他们还有一个女儿待字闺中，不过，很快就要做人妇了。这一家五口人，都由傅源水供养着，他在外面，得很努力才是。

中秋，本是家人团聚的日子，他却在月盈前两天起程，这一走，不知道又要几年。

他在途中给家里报了平安，说了行程，并无多话。信的字体古雅，言语平和，让人觉得很舒服，他寄回的若干家信，常常是不同的字体，自然，那是别人代书的，却让人觉得心情不错。

这样的家庭，如果父亲和丈夫心情不错，那这个家庭大致是不错的。

于是，我们好像看到那个人，踩着一百年前的中秋月光往南，风徐徐的，都是好风。

转眼到了新年，傅源水自然又是在外过的。叨（新加坡），生活着许多福建人，新年里，热闹滚滚的，唱歌做戏，海吃海喝，大家都这么习惯着。现在，生活在那儿的华人，大抵还是这样。

正月十三，新历1917年2月4日。再过两天，年也就结束了。该收收心准备做正事了。

傅源水给家里寄了封信，告诉他襟弟连赤毛正月十四要回漳州，因为风水的事和人家起了纠纷，得回去处理。他的妻子还在文都鲁苏，并没有和他一起回去。所以，他待的时间不会太久。傅源水交代陈氏，连赤毛回南洋时，让大儿子天赐跟他一起来。天赐已经长大了，要到外面见见世面，学些本事，商人家的孩子，前途要早做打算才是。

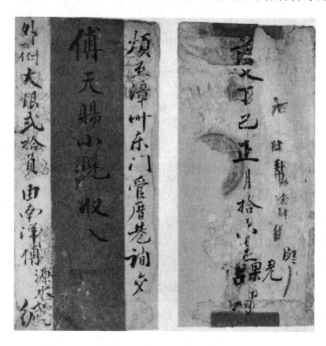

天赐这时候还是个十几岁的毛头小伙子，家境可以，玩伴自然不会少，心还在新正里，父亲已经替他着急了，不知道这小伙子到底争不争气。

傅源水托连赤毛带回一百块大洋，又通过信局随信寄二十元，交代抽两块钱给四弟的儿媳妇，其余的留家用。末了照例问候一句。

这个新年，也就这样交代过去了。

这封信寄的地址是东门街管厝巷，那是他们的新家。东门街是漳州城最繁华的商业街，出东门连绵五里，当铺、钱庄、银楼、布店云集，潮汕、汀龙、泉漳药材集散，有河道连接南、北溪水，漳州河上最大的河港浦头港带来繁盛的物流和西洋风物，街上的建筑流行南洋风。漳州城的富商，多住在这里，长长的竹篙厝，可以存放货物，也住了许多家眷。傅源水的妻儿从城南搬到城东，不知为何。

三月，清明，天气阴晴不定的。人们穿上春裳，喝着甜甜的春酒，孩子们开始在街上放纸鸢。

初十（4月30日）的家书，寥寥数语，说了句"前接来玉音一片领悉一切矣"，轻轻带过。谈了两件事，其一是绣治，大约是他们待字闺中的女儿，她的亲事，大致在后年正月。其二是大姐有没有来家里，希望告诉他。姐弟俩有什么事，没说，算是悬念。

十四日（5月4日），隔三天，又一封家书，四件事。母亲去世了，他很悲伤。女儿的婚期，即便魏家来讨亲，等到来年不算晚。天赐到南洋，要去探问赤毛何月启程，到时跟他来。要让孩子们读书，别耽于游戏。大姐来家了没？要来信告知。那是他的大姐，我们不知道他和大姐发生了什么，但是，他一直在等大姐来，即使他不在家。

十五日（5月5日），又一家书。三件事。前托赤毛带大洋两次各五十元。这是傅源水向朋友借的。家里来信每次都催多寄银项，但是，他在外虽勤俭，并无大利，并不容易。儿子天赐可随赤毛来南洋。母亲周年，要好好做个仪式，让母亲的灵魂安息。开支，他会寄来。

三月家书，连着来，丈夫有心事，在信里，如果有电话就好了，可以不用这样一次次去批局。

应该团圆的日子都不在家，温情照例成了信尾短短一句话。这就是一个漳州商人的平凡生活。

人这一生，要经历许多节日，每一个节日，都是为了思念、相聚，错过了就错过了，有多少人就这样，从黑发少年，变成白发大叔。如果可以，一切能否重来？

傅源水后来和朋友在印尼泗水的老果占卑开了一家公司，叫瑞益。天赐也到公司帮忙，但好像不怎么出息，也许是父亲期望太高了。漳州的儿女也成了家，天福开始学着做生理，妻子让他给置个铺面。家里后来又搬到新桥头步营顶，旧时的兵营，以后的闹市。以后又搬到新行街，不知道为什么会这样频频搬家。

在这期间，发生了许多大事。比如，下一年，粤军开进漳州，建立闽南护法区，开始近代城市建设，二十里围城没了，墙石被拿来铺设街道，成了今天我们看到的样子。

我们看到的夫妻俩的通信是到1921年，不知以后他们的生活怎么样了。

十、麦粉、生油和芙蓉城的儿子

他托回国的朋友带了一袋麦粉、一珍生油给母亲，今年，他又回不去了，因为生理冷淡、债务缠身。

那袋麦粉有十斤，蓝匙标的，加上那珍生油，只能让母亲充饥一小段。但从马来亚到福建，有两千多海里，要坐十几天船，即使从香港坐船回泉州，也要七百多公里。如果可以，他一定会让人带回更多。不过，他的朋友一定也会给家人带回一样的食物。若非乡邻，那回家的人一定不肯让别人所托，挤占了家人的口粮。那年，粮食金贵啊。

母亲会想着儿子，吃儿子千里迢迢寄来的麦粉做的食物，拜菩萨时念叨儿子的名字，但他们已经分别数十年了。

母亲细嚼慢咽的表情会反复浮在他眼前，是让他又欢喜又难过吗？

1962年，虎年。日子好了一些。

前面三年，国家遇到了难处，天灾人祸，粮食供应紧张。

从南洋往家里寄的东西，从钱，变成了食物。路那么远，东西沉甸甸的。

对艰难的忍耐，像是一种美德，调动所有的潜能，人们相互鼓励，彼此相携，想法子忘忧。相信走过这段，以后会好起来。许多年后，那些老去的人闲说那段往事，竟生出许多乐观，困难时期的人情冷暖，到底是令人难忘的。

这一年，冬天，中国军队在中印边界的拉达克碾压了入侵的印军，这是困难中最提气的一件事。

母亲收到这些食物的日子，一定是全家的节日，厨房会慢慢地升起好闻的香，那是炒面时散发出的暖意，胃里充满了幸福感，里头有被亲人念想的满足，那几日，和邻居打招呼都有了底气。食物真是奇妙的东西，越匮乏时，它所带来的精神愉悦，越是强大。

麦粉会被小心翼翼地装到罐子，像沙漏里的沙，一点一点地消失，帮助母亲度过那些不眠的长夜。那些漂洋过海的麦粉袋会被洗干净，做成衣裳，度过几个夏天，那是节俭生活的标志。那珍生油慢慢亏了下去，最后，剩下一个空罐子，花花绿绿摆在那儿，用来收纳小物件，也收纳一段味觉记忆。

每年，一些人家都会有几次这样的日子，每一次，都会让大家快乐一阵子，那些南洋来的东西，可不是给小孩子的圣诞礼物，精美而多梦，让人想到天上飞。那些礼物，扎实，有劲，是充饥的，果腹的，让人挨过荒春和寒冬的。

你什么时候回家呢？吃面茶时，母亲已经习惯了一遍又一遍地问。今年，他又回不去了。他很小就出去了，现在已不再年轻，和母亲分别几十年，太平洋上顶多几个来回，世事多艰，相见时难。今年的生理又亏了，欠了债务，土产生理，小本经营，由不得有什么闪失，一家子都看着他呢。原本说好回去的，眼看家近了，母亲在眼前了，现在又远了。

福建人在南洋经营土产已经几个世纪，做供应商、采购商、中间商，互相照应，占据着商业链条上的每一个环节，养活了海的两边一大群人。他，看起来只是那根链条上的末梢吧，还要努力打拼才是。

6月，他住的马来亚的芙蓉城，已经炎热难熬。生活在城里的福建人，他们一定和他一样，关心家人的消息。

生活也许不太容易，可是，大家彼此挂念。母亲和弟弟、弟媳生活在一起，这点难对他们来说，并不算什么。弟弟好像是新婚，弟媳应该有孕了吧。他呢，做生理亏了，被债追着，可是，5月中旬却得了一个儿子，老天到底公平。现在是6月底，孩子也满月了，应该告诉母亲，日子虽然有点难，可她又当了祖母。

1962年6月28日，马来亚芙蓉城的刘敦墙给母亲寄了这封信，母亲在福建南安码头刘林乡泉龙典当厝，和弟弟敦填生活在一起。因为有儿子在南洋，困难时期，他们的日子会比其他家庭好一些。

以后，国家会慢慢好起来，他们一家子，不管是在芙蓉城的还是在南安的，也会好起来。

十一、人生不过一瞬间

他脚上穿着白球鞋，身上穿着从暹罗寄来的衣衫，手上提着小皮箱，神气十足地走在岭海中学的校园里，日光暖暖地照着他，也有些人回头看他。

对于此前一直生活在山里的他而言，来到海边城市求学，是一个全新的开始。

他是平和人，和林语堂算是本乡。但他们两个村相距有点远，彼此并不认识。

五百年前，一个叫王阳明的大儒建这县时，半边是山，半边是海。后来，沿海的那部分割给了别的县，他们成了山里人，可是，出洋的习惯，没有改变。

在他很小的时候，父母亲就去了暹罗京城吞武里，他们带走了姐姐，把他留给祖母，弟弟妹妹们和父母生活在一起，但不知道是不是在暹罗出生的。

1948年，他在汕头岭海中学念书，只有假期才回平和老家和祖母生活几天。

父母亲定期给他寄学费、生活费，还给他寄食物、药品、衣服、钢笔，各种各样的东西，有时候，洋参一寄就是二十条。闽南人一直有用洋参进补的习惯，人这一生不能没有它，但不是想有就有的。至于药品，是用来治疗皮肤过敏的，从山里到海边，总是有点水土不服。他们对这个不在身边的大儿子关心有加。他的父亲做药材生意，挣钱非常辛苦，但总会满足他的要求。

国璋是他的名字，璋，是一种玉器，显示出父母对他的期待。

父母让他在国内求学、守家，照顾年迈的祖母，像许多当时的人一样，他将在唐山完成学业，像一个真正的唐人，然后，再出国寻找父母，成一片家业。

他也不负他们所望，长成一个帅小伙子，离开家到汕头去求学。相对于平和，那是一个大地方，许多家庭都有出洋的人，生活在有见识的人中间，他的进步很快。

国平，他的二弟弟，和他的在老家的哥哥也许未曾谋面，不过，弟弟非常爱哥哥，像许多穿开裆裤跟在哥哥们后面跑的小屁孩儿一样。父母亲一定没少在他面前念叨这个哥哥，看不断地给他寄钱寄东西，就知道哥哥在家里很重要。母亲让他给哥哥写信，希望兄弟的感情可以在信里一天天厚起来。

亲爱的国璋哥哥，你寄来的信我已经收到了，我们在这里一切平安，不必想念。我们在这里挂念得很。

怎么可以让哥哥不必想念呢？

暹罗没有华文学校，他是没有中文书读的，他要哥哥努力读书，兄弟们总有一天会见面的，这样，哥哥就可以教他中文了。

弟弟在信的结尾，用力连写两个字，努力努力。是的，兄弟们一起努力，事情就好了。

1948年10月，弟弟还是很小的年纪啊，歪歪扭扭的字，现在看起来多么可爱。

六个兄弟姐妹，只有他一个人在老家，那时，大家都还小，没有谁会想到，这一辈子的兄弟姐妹，相亲但不相见。

再往后，他没有按计划去寻找他的父母，不知道为什么，是时局吗？就这样念完书，回了家，住在父母留下的四角楼，做农夫，日出而作日落而息。四角楼光线黯淡，空气满是岁月的潮味，暹罗成了遥远的梦，慢慢也就习惯了。

就这样，他陪着祖母，送走祖母，修祖坟、修老屋、和亲睦邻的事，也是他要做的。然后，洞房花烛，儿女绕膝，不知不觉间，也就老了。

他们那辈人，大多清贫，不再像以前那样外出，生活的欲望也就淡了。有一年年底，他家分了七百斤稻谷，他很高兴，把这件事说给母亲。

他的大姐，他的妹妹，他的三个弟弟都在暹罗，以后叫泰国，吞武里成了首都曼谷的一部分，那是一个越来越国际化的都市，他们一直待在那儿，一眨眼，也变得和他一样老了。

生活正在悄悄发生变化。那一年春天，家里准备办两件喜事。女儿已经二十五岁，要和同乡朱家子弟结亲。那孩子，才貌不错，希望母亲同意。家乡的模样也变了，车路开到家门口，屋子前的溪水也起了拱桥，邻居们建了大屋，四角楼老了，他想和邻居们一起建，如果母亲和兄弟姐妹们没意见，他打算现在开始备料，秋天动工。

要嫁就要看近处的人，不要嫁去远的地方啊。母亲让大弟告诉他，建屋的钱自然也寄来了。那辈人，起大屋不仅是要住的，也是给子孙做纪念的，屋子里，有一代又一代人的影子。

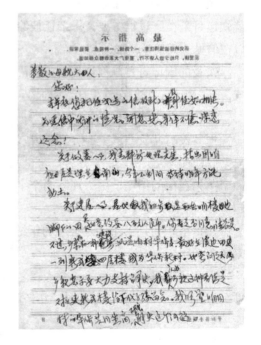

他愈发惦记他们，时间来到1980年，国门开了，许多人回来办企业，广州的交易会分春秋两季，他也希望弟弟们回来参加。母亲七十八岁了，也应该回来看看家乡，看看邻居。

要紧的是，回来看看子孙们。父亲已经去世多年，家人也分别四十几年了，总不能一直在照片中相思啊。

母亲没回来成就去世了，那是她和家乡的缘分，顺随自然吧。兄弟姐妹们按制在吞武里的佛寺为她做法事，有一百天时间，等他和他的孩子们去奔丧，要是能在分别四十几年后，在母亲的丧礼上相见，那也是悲伤之余的幸事。

母亲走时给他留下两间房子，大弟弟帮管着，租金按时寄来。四十几年前，父母离开老家去了暹罗，艰苦创业，半个世纪过去了，他们留下的，有一份属于他和他的孩子们，这是1990年的事。

今天，看那一家人半世纪的书信往来，所发生的一切好像在一瞬间，信里无数的家庭琐事把他们联系在一起，而我们眼前总浮着那个穿白球鞋的校园少年。

十二、马六甲家书

这是一封寻常家书。

哥哥焕愉写信告诉妹妹恩，他做祖父了。今年的四月二十五日下午四时，他的儿子旭的妻子生了个儿子。仅此而已。

这封信写于1936年6月25日。

哥哥生活在马六甲，妹妹生活在老家德化。他们已经分别了十年，其间不曾见面。通信如常，但不稠密。

信的修辞有点讲究，不知是去信人的手笔，还是他人代书。兄妹分别的时间长了，彼此思念，话却不多。仿佛是为了弥补这种遗憾，落笔费了些心思。

哥哥说：别来南下十余秋。有点诗意，有点感伤。马六甲没有秋天，福建有。秋风起时，人们想起家乡各种美味，就想回家。

马六甲只有夏天。

哥哥的心有点凉。兄妹分别时，大家还年轻，哥哥的儿子旭还小，恩的儿子衷大约也是这样。现在，一个都做父亲了，一个也能替母亲给舅舅写信了。

"惟（唯）汝我天方各一，有兄妹之名，而无妹兄之实。"语句有点讲究，境况大约不怎么好。相问不相见，道阻且长。哥哥觉得，很对不住妹妹。但让哥哥安心的是，在外甥衷的来信中，可以看出这孩子很有志向，未来一定好，不会让她心血白费。

忙于生计，说话的心情也就淡了，兄妹联系好像少了些。但是，家里大事，都是要互相告之的。比如，去年，旭结婚了，今年，旭做父亲了。亲情是根线，不会因为不见就没有了。

哥哥性情好像歌里的老父亲，寡言、内敛，与妹妹在信里相对，还好，不是无语。如果相见，大约也是如此。但情绪在字里，恩是他内心柔软部分。

世间情分，常常如此。

哥哥年纪已知天命，这些年，头发越来越少，皱纹越来越多，身体开始走样。这年纪，已经听得见时光流逝的慌乱，时节交替的感伤，亲人离别的疼痛，人生的脚步越来越急，许多事未做，不知道将来会怎么样，人还没回过神来，后半生就开始了。

还好，他生活的马六甲，是福建人聚居的地方，马六甲河边的房子，也是福建的样子。街上都是说福建话的人，不生分。

马六甲，古书上称麻喇加，是西洋航路上的港市，太平洋和印度洋交汇处，船航往爪哇、占城，要经过这儿。从波斯湾、红海回航的船只，都要在这里停靠。

马六甲曾是明王朝的藩属国，国王常常朝贡，接受册封。据说，明王朝的汉宝利公主，带五百个宫女下嫁这里的王。这里是华人喜欢待的地方。

欧洲人占了这地方以后，华人地位大不如前，但是，他们仍然在这里生活、繁衍，像焕愉一样。

因为，他们早把这里当家了。

读哥哥给妹妹的信，有迷雾一样的感伤缠绕在心间，像一双手，拨动了琴弦，发出细细的颤音，哥哥讲述自己的事，妹妹在很远的地方听。

十三、家事难断

家事，有点难断。

这事如果摊到现在，找上倪大红等老戏骨做主演，那可是一出好戏。

想想儿子的处境有点尴尬。

父亲在南洋，活没找着，钱没挣着，可给他找了个"小妈"，闽南人叫"番平婶"，好像还生了个女儿。按现在说法，有点像出轨，又不像出轨。

儿子来南洋寻父，一年多了，也没找到合适的职业。父亲是靠不上的，还好有个四叔。

四叔和四婶倒很疼他。到底是哥哥的儿子，从老家千里迢迢过来，除了叔叔，还有谁可以依靠呢？

父亲和"番平婶"生活在泗水，儿子跟叔叔婶婶生活在垄川。

看哥哥过得有点落拓，弟弟常常写信希望哥哥和"番平婶"断了关系，让他来垄川。哥哥应付着，拖到五月，带着"番平婶"母女一起来了。"番平婶"年轻，温言软语，哪个大叔把持得住？何况他们还有个小女儿，也是天真可爱吧。

叔叔暂时安排他和一个姓刘的朋友合股做生意。无奈资本单薄，每月获利十几盾，自己够用而已，不能顾及爱母，全靠四叔帮忙。儿子在信里对望眼欲穿的母亲说。

现在，父亲和"番平婶"一起租房子住，儿子则和叔叔一起生活，日子就这样一天天地耗着。

那家人就这样上演着20世纪30年代版的家庭剧，父亲和儿子，母亲和儿子，父亲和"番平婶"母女，哥哥和弟弟，叔叔和侄子。在剧里，彼此牵扯，左右为难。不知最终哪一种情的气力大些，谁有本事耗到最后，最终伤害的是谁。

而母亲，那个远在老家最有资格说话的那个人，她在想什么？

人间事，扯上亲情，真是剪不断，理还乱，个中滋味，那个父亲最知道。

那是1937年6月一个儿子给母亲的一封信。

那时，天正热着呢。

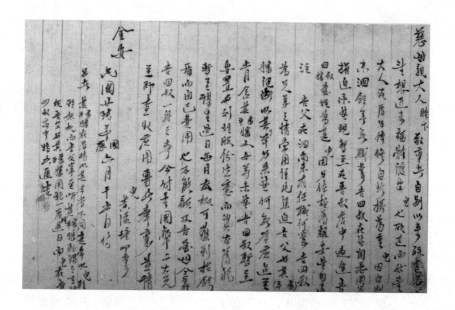

十四、施旌旗的家事

　　他生活在千里之外
的南洋，但是，对家人
来说，他好像从来不曾
离开。

　　他可不是挂在墙上
的几张照片，久久来一
次的家信。家里点点滴
滴，他都要一一过问，
事情该跟家里说的，他

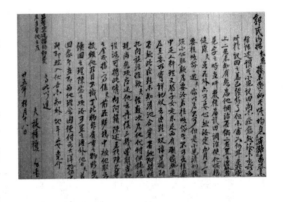

也会说。空气中散发着他的气息，他的眼神和表情会被每一个家人记着。

　　施旌旗，他的名字带着一股锐气。无论在哪儿，他都要高高挂起，
彰显他的存在。

　　三世同堂，二老健在，一个妻子，本乡人。一个番婆，应该是菲律
宾的。若干个孩子，其中至少一个是与番婆生的混血儿，这些，好像是
成功人士的格式。他们生活在老家泉州晋江南门外金井洋下，大致相
安无事，这让他能常年在外做生意，养那一大家子，并且还过得去。

　　1936年农历八月十八日，中秋节才过，月尚圆。施旌旗给妻子郭

氏寄了五十块大洋，信，则交儿子施清池转，看起来，那孩子已经长大了，管家的，则是他母亲。

那个家想来出了点小纰漏，这是他毛病惹的，不过只是小事，有点烦，但不至于束手无策，他交代了郭氏，自然是对的人，很当一回事的样子，剩下的，大致不用他操心。

他和番婆生的孩子议田病了，妻子告诉他病好了，番婆说没好，大约额外发了些牢骚，也许是沟通上的问题，带点女人的小情绪，这是他最不乐意见到的。

把番婆和孩子送到家里，好像是他对郭氏的一种承诺，她是这个家的女主人，大小事情还是靠她。番婆的抱怨也间接说明了这点。至于三代同堂，上下妥当，是他的脸面，也是他在意的。重要的是，生病的是他的孩子，他是孩子的父亲，孩子有病，而且还小，他不在家，这让他不安。

他相信番婆说的，因为他在意他的儿子。

他跟郭氏说话，一开头就直奔主题，堂上二老知道孩子病了吗？如果他们不知道，没有为他调治，见到信后要马上请教桔（医生）诊视，让他恢复健康。在外的人，才能安心。

三言两语，你可以看见信后面的表情，不知道郭氏将怎么应他。那个主妇，也许有点难。

施旌旗是个老派的闽南人，长年不能回家，在南洋娶了番婆，生活和生理，倒是两便，这是数百年来的习惯。和番婆生的孩子，年纪稍长，会送回家，像其他孩子一样接受传统教育，和其他孩子一起成长，等到成人，再去南洋，做父亲的帮手，接父亲的生理。那时，他已和一个普通的中国年轻人无异了。

那时的闽南人，去南洋谋生，一生一世，或者已经数世，家乡从来不是遥远的梦，他们几年十几年回一次家。但是，那是他的国，那里有他的家，父母妻儿在那里等他，意识里有他不能抹去的印记，归期遥遥，重归故里，是人生必须做的大事，就像年轻时必须远行一样。

所以，南洋出生的孩子们，只要有可能，往往会送回父亲的国，回到父亲生长的环境，因为他们有父亲的血液，继承父亲的姓氏，遗传父亲性情的某一部分，等他长大，他是一个中国人，有完整的华人思维和情感，以父亲的族群为荣，这是人们在意的。

郭氏，为施旌旗守家的人，相信懂他。

大家庭其实挺累人的，人累，心累。郭氏想娘家了。娘家有她做女儿时的梦，有父兄，说不定爹娘也在。找家里人靠一靠，说说话，喘口气，不用烦恼长烦恼短。娘家在钞岱，本乡，隔几个村子，不远，走着也就去了。这要放在今天，不过是半天工夫，说来就来，但在那时日，却要筹划好些日子。女儿回家到底是一件隆重的事。

郭氏已经很久没回去了。上有老下有小，良人不在，走不开。良人也不愿意她走，怕家事没人料理，吃饭没时顿，孩子没人管，东跑西跑，坏了家风，让人闲话。家风，在乡里是顶重要的一件事，关系到门楣、体面、生存。家风失了，他那么努力做什么？这样，回娘家的事，拖着拖着就过了。但是，心情挂着，丈夫也知道，那是妻子的心意，没多阻拦，只让她别待太久。

她能待久吗？

他上回寄了双皮鞋回家，儿子清池穿着合脚吗？那时，大家都习惯光脚，皮鞋挺贵气的。他也不只在意议田，哥哥清池，都能接他的信了，父亲送他鞋，他会高兴的。

1936年，国家在提倡新生活运动，穿上皮鞋，让皮鞋锃亮，也很新生活。

阿箱姑托他向人讨款，现在还无法讨回，可能周转不灵吧，欠钱的人说了，再等三个星期，让郭氏转告。陈文华将金戒指拿去做赌本，东西倒不是贵重物品，那人又目不识丁，怕是赎不回了。陈窗欠的钱不必理会，待他回唐山时再处理。

一封信，六件事，一一道来，并无废话。郭氏看罢，心也定了。

施旌旗想来是个干练、性急之人，说不定精瘦，一副不让人插话的样子。女人贤惠，尚可；若有点心性，一定不堪。

但那是个有主见的人，脑门里住着一只公鸡的灵魂，雄气起赳，鸣叫响亮。他有能耐养家，也有能力维持在家里的权威，尽管他长年在外。遥控指挥，说哪儿做哪儿。话，不一定中听；理，倒还是那么回事。

他有自己的亲友圈，和他们保持适度地联系，有时间通个信，不温不火，问候送到，像发个微信，告诉你要惦着他。如有所求，也会出头，结果如何，也能给个交代。既不置身事外，也不为事所困。

这是一个典型的旧时代闽南男人，有点本事，有点脾气，个头不一定高，一副大男子的样子。不过很努力，能挣钱养家，人算靠谱。或许毛病多多，但是，家是什么，谁可以托事，孰轻孰重，这一点，他不糊涂。重点是，他闯荡南洋，并且看来颇有成效。

闽南，有许多这样的家庭，施家的事，会日复一日上演，对他们来说，这一切，都是日常生活的一部分。

在闽南和南洋，曾有数百上千万人组成这样的家庭。平日，他们过自己的生活，一旦有事，则成为一股洪流。

因为，对家庭靠谱，对国事也不至于怠慢。

十五、乡村小事

这个世界，有点无法无天。

儿子文助被强盗绑了去，过后放了回来。一切有惊无险，财，自然是破了。

林老全在南洋做生意，家财到底有些，乡里事向来热心，不知不觉积攒了点名声，就这样被强盗盯上了。

儿子是在家里被绑走的，还是出门的路上被绑走的，我们不知道。这对一个丈夫不在身边的母亲来说，真是一件可怕的事。

林家没惊动官府，惊动官府也未必救得了儿子，还弄得鸡飞狗跳的。一切按乡间的规矩做，儿子很快放回来了，邻居们对发生的事保持默契，也没有人对这事说三道四。

一切合乎规矩，事主付了钱，被绑的人毫发无损地回来了。除了给乡邻做茶余饭后的谈资，事情看起来也很快过去了。只有当事人知道，在乡间，做一个体面人有多难。

这事令人不安之处在于，那些和你朝夕相处的人，可能就是和强盗暗通款曲的人。想想，每日和你见面，热情地和你打着招呼，到你家喝茶，邀你一起吃饭的人，可能就是盯上你的那个人。

徐氏害怕极了。感觉走到哪儿，都有一双眼睛在紧紧地盯着她和孩子们的后背，如果再发生一次这样的事，恐怕就是倾家荡产也无济于事了。她只想逃离这个村子，躲到一个安全的地方。

但是，这是一个动荡的时代，没有规则就是规则，逃到哪儿不都一样吗？一个女人带着孩子，逃到别人的村子，日子就好过一些吗？

他安抚他的妻子，让他妻子告诉他损失了多少家财，儿子既然平安回来，怎么样，就不过问了。一个在外闯荡的人，对于这一切或许已经习惯了吧。

这就是1925年的乡村？

儿子文助的事才了，另一个儿子银柜的债主就上门了。银柜已经去了南洋，债是他在唐山欠下的，债主找的是母亲，父亲让等他回唐山时再处理。孩子已经成人了，有能力承担自己应该承担的。

问题还没完，因为生意清淡，马尼拉的店也歇业了。

嫂子在这时去世了，办丧事又欠了一笔债，债主也来催债了。这也是他要承担的。我们在信里看不到死去妻子的哥哥和他的孩子的影子，不知道为什么。

弟弟要承担哥哥的责任，这是不可以推卸的。如果事情发生在他身上，哥哥也要这么做。因为大家都是一家人。

乡里的学校又来募捐，如果在平日，他自然是不甘人后的，但这一次，他真的是力不从心了。造福乡里这样的荣耀，只属于有能力的人，如果再等等，再等等，或许，他会把这份荣耀挣回来。

1925年12月到1926年5月，前后半年，林老全的家发生了许多变故，这是他一生中最难熬的时光，他平静地交代家事，好像在说一件寻常不过的事情。也许他相信，失去的终究还会再回来。

所以，在他的家乡同安美人山下尾社，林家仍然是体面的家庭。族长想让自己的亲儿子入赘到他家，做倒插门女婿。

妻子想和他商量这事。

你拿主意吧，他淡淡地说。

十六、写给舅父的信

那封信，透露出他的心、他的处境。

舅父在老家要修理房厝，需要钱。没问题，外甥要负责，舅父照顾好自己的身体就是。他答应得很干脆。

那是他母亲的兄弟，至亲的亲人，年纪大了，想住上好点的房子，让心情透亮，这是外甥要孝敬的。这年头，为了讨生活，家人四散，能为老人做点事，心里也舒坦。

想那定是一个好人，对舅父如此，自然也能善待父母兄弟。

但是，现在寄钱出去有困难，如果有方便的时候，外甥就寄。不知是钱寄不出去，还是暂时没钱。他的处境，有点令人担心。

当地不允许外侨小商做生意，哪怕他已经在这里生活了许多年。还好，他已经入籍了，生意做着，生活如常。但是，注意了，他是小商，小本经营，锱铢必较。日子，只是对付着过去。

他想回国，但现在不能回，将来有机会，他一定回国。

他已经入籍当地，可是，他的国在他出发的地方。

一封信，几十个字，平铺直叙，全无废话，没有夹杂一丝情绪，没一个感叹词，你以为他的脸连一片云彩飘过的痕迹也没有。沉着、冷静，透着干练。他说话时，你觉得空气微微有些异动，却抓不到舅父之外的信息。

他在那里生活了许多年，过眼烟云，看过一些。现在，时势看似波澜不惊，其实已经暗流涌动。

凡人的家国，在不经意间，但你又如何也掂量不出他的分量。

那封信有点令人不安，以致，我们那么想听他以后的故事，可是恰恰，信里，你捕捉不到蛛丝马迹。

十七、用你的慈心爱孩子

那个要你看着长大的孩子，真不省心。

想象一下，年轻的母亲，蓬头垢面，从厨房里面冲出来，那孩子把饭撒了一地，满脸无辜地看着你。

再想象一下，眼看要上学了，别人家的孩子学钢琴的学钢琴，学外语的学外语，自家的这个偏收不住玩心。

这情形，怎么不叫人崩溃？

像现在的许多家庭一样，父亲在外地打拼，母亲在家里做全职太太。父亲差不多隐形，好长时间回一趟家。孩子跟着母亲，家里里里外外，全靠母亲。这样的家庭，孩子有时还真不省心。

你快回来，管管你的儿子，母亲又气又急，找父亲发牢骚来着。父亲在花茗埠，如何回得来？

孩子年纪小，如何不听教化？做父母的，爱孩子，用慈心。那个在南洋的父亲温和地说。

他知道妻子是很不容易的，这些年，聚少离多，孩子转眼要上学了。他这个父亲，好像是照片上的父亲，他这个儿子，好像是个照片上的孩子，他们这对夫妻，好像是信纸里的夫妻，若不是为了生计，谁肯这样下去？

想这家里的妻子、孩子，悠悠。

教孩子别硬着来，用软法可好。父亲说，别呵斥，别举戒尺，耐心待孩子。

你可以慢慢引导他，在他学好时，给他一些小铜钱，让他去买些糖果子，奖励他，让他知道，学本事，是有奖励的，有本事的人，长大以后，生活都会奖励他，就像那甜甜的果子。慢慢地，让小家伙从心里喜欢，再送他入学。

"巧克力可以安抚灵魂。"八十年后，我们在好莱坞电影中听到小淘气们这么说，知道了孩子们的心思，是不分时代和国界的。

那对1932年的夫妻，在信里，讨论孩子的教育。他们的家在浮宫，地方并不闭塞。1932年的世界是一个日日新的世界，那个在南洋的父亲，已经看到，教育好自己的孩子，雕琢他，才能成功。只是，他远在天边，只能对妻子反复说，反复说。那些办法，在他处世时，用了无数遍了吧。

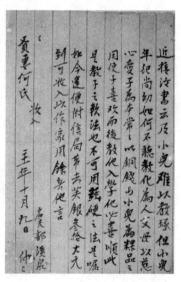

这个故事让人看了很伤心。那个父亲，只管努力挣钱，既不能一把屎一把尿地照料孩子，也不能为琐事喋喋不休，自然，孩子成长的烦恼和喜乐，雾里看花似的。试想这半辈子，他和妻儿相处过几日？

他抱过襁褓中的婴儿吗？他们一起吃过几餐饭？给儿子讲过睡前故事吗？知道儿子的先生是谁吗？春天带他踏过青吗？了解他要什么吗？

如果可以，谁愿意这样？

那个1932年的孩子，知道父母亲的心吗？

那个你要看着长大的人，有时候，要你多一点点耐心，再多一点点耐心。

很快，他就要长大，离你而去，成功，独立，或者落拓，那时候，你会在哪里？

那个孩子，等他长大以后偶然回头，他也许会依稀记得，每一回小小的、成功的味道，都是甜的。

十八、女孩的心事

她就要离开家庭独立生活了。

去安海任教员，那是她得到的第一份职业。

淑敏的心里又高兴，又忐忑。为了这一天，她已经等了很久。她可以像她的老师一样，穿着布长衫，围着父亲托人从南洋给他带来的围巾，背着手，威严地从她的学生面前走过，听他们一板一眼地念书，停下来，纠正一下他们握笔的姿势。

她有点急着离开家，去尝试她梦想的生活，为没人管束偷着乐。夜里，她可以躺在宿舍里，望着星空，想象少年维特的模样。

她的身体还没发育成熟，单单薄薄的，不耐风吹。不过，在学校的操场上，她奔跑，喘息，大汗淋漓，挺有活力。她藏着许多小心思，头疼，失眠，脸黄，有点肝郁，像许多青春期的女孩一样，不时要去医师那里。

叔叔想让她去南安，父亲要让她继续留在家里。

身体不佳，再休息一个学期。工作呢，可以等下季。就在家里，帮父亲把店里的账理一理吧。

她提要求时，父亲静静地听，眼皮提都不提。

父亲想留女儿，会有很多理由。他的女儿从小听话、懂事，喜欢念书，爱做梦，体质不太好，她可以一直留在家里啊。

她是个有教养的孩子，知道不要忤逆长辈的心意。

他们家在开元路，那是厦门最繁华的商业区。他们的店铺，一定有很好的生理，并不需要孩子太早独立。

农历八月，开学了，这一季，真的就要过去了。她写信告诉谊母，谊母在老家卓歧，卓歧在漳州海边。

父亲不肯让我去做工作，她有点悻悻。请把这个情形，告诉嘈姐，请向金万妩、其文妩、水圳叔、水圳妩和墙仔、金瑞请安。

谊母笑着静静听，那是她看着长大的谊女啊，她想说什么，她知道。

人世间，在所有的父亲眼里，长大的小鸟都要飞，但他总是希望，再等等，再等等。

女儿的梦里都是外面的世界，但她总是想着，在温暖的港湾里，再靠靠，再靠靠。

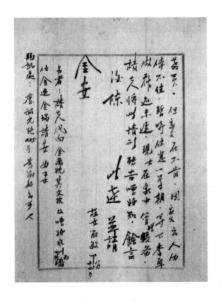
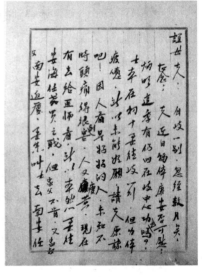

七辑：暮　春

一、暮　春

暮春，佛赐给祖田叔台去了一封信札，我们今天，仍然可以嗅到那一年春日温润的气息。

他们像两个相交多年的故友，在纸里闲话。

> 握别之时，梅花止头，柳绿池畔，倏尔箔茧吐华矣。正考叔台大人作善，天降祯祥，霞光荏苒，自然福祉骈臻无疑矣。但侄奔走江湖，其情如醉，心远地偏，其想若渴，回首故里，烟云缥缈。今我肝肠欲断，何时得与大人旦夕复聚，一堂言欢，则此

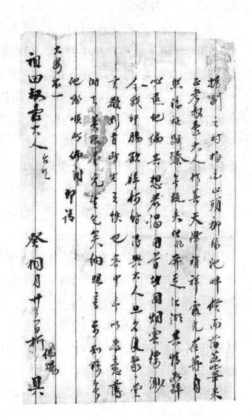

先之帙癸也。客中无以为意，薄去英银壹，望乞笑纳，赐音属
知，余无他嘱，顺此布闻，即请大安不一。祖田叔台大人台鉴，
桐月二十三日柯佛赐具。

如果在故乡，是可以做许多雅事的。说到底，待纸鸢放过，夏天
就到了。

那时节，人们扫墓、踏青、相聚、邀饮、吹风，自然，也思亲。

想到冬日离开故园时的那般情形，他来，本应踏歌的。无奈人多，
他也就握握手，让到一边去，但你知道，他握得有多重。

那一天，家人们簇拥着他，送他的情形又骄傲又感伤。有人千叮
咛万嘱咐，有人在轻声哭泣，有人像唐人一样说了许多豪迈的话，他
们本来就是唐人啊！他们互相鼓励，相约再会，期待再一次把酒言欢。
这才是丈夫远行的样子啊！然后，他登船走了，看故乡的影子渐行渐远，
最后只剩下一片烟云。

那个冬日，多么美好，他和他，两个多年不见的叔侄，像老友一般，
不时邀约，陌上花下，携手同游，漏夜宴饮，秉烛长谈。你知道折梅
而歌的快乐吗？就像在风中干了壶中的酒。

这一面，他们一定等了许多年，所以，才会觉得这一季的梅花那
么冷艳。

转眼就是暮春时节，绿柳，新荷，没来得及喝上的故园的春茶，
还有冰冰的可口的青团，都在撩拨他的心思。

他生活在南洋，在他眼里，那不过是某个州府，就像漳州、厦门
一样，在同一个风雨潇潇的江湖，心远地偏，一叶孤舟，数卷诗书，
就这样去了，来了。

江湖夜雨十年灯，在他眼里，只有故园客地，没有唐山异邦。

他是去南洋谋生的，每日面对喧闹的市井，不知为什么，老想着
故园。

那是一个变化中的时代啊，人们千里迢迢跑去捞金，去拼前程，
他裹在潮水一般的人流中，车辚辚，马萧萧，你推我搡，不由自主。
他却在四起的烟尘中频频回望。

他是个挺棒的文人，有美妙的诗心，会为春天的池水冬天的霜雪

感动。潇洒远行，满心沧桑，思念故乡，因为那里有家人与故人。他与他们分别不过三个月，就想念极了他们，就像渴极了的人想喝水一样。

他奔走的那个地方多金，这也是他奔走的原因。但那是一种锱铢必较的日子，不会有那么多的人那么好的心情可以一起喝酒长谈。所以，真是三千里故园，乡思缥缈。

清明那天，读这封信，那时，池水微澜、小雨如絮。

二、进士林翀鹤的信

翀鹤的名字和他的志向一样般配，飞翔的鹤。但是，现在是民国了，前清进士的头衔，是一顶好看的装饰，能证明他的学问和教养，不一定能对付小人。尽管他一直做学校的校长，和商会会长，令人景仰。

他的书法用笔精熟，结体宽厚，有颜真卿的遗风。写信时，气息平和。你以为他要说一件风雅闲事，比如，相邀去看花影，或者，听山间鸟鸣。你甚至想应该在信札上再绑一条漂亮的缎带，好让眼睛愉悦，手感柔滑。

其实，那是件挺郁闷的事。他托朋友青龙先生寻找一个叫礼发的人，在垊埠林合商场做事。一个月前，他托另外一个朋友小吕宋的柳樵源找过他，没有回信。他有点着急了。因为有人侵占了礼发过世的祖母的产业，那产业是翀鹤代管的。

若在大清时，这事还真不是事。但现在，是民国了。翀鹤是个君子，几年前，城里龙头山林家老祖母林礼姑托他追讨被侵占的产业，一处房子，一个有二十七棵树的园子。最终，是花了钱才赎回来的。

那是个人丁单薄的家庭，儿子和儿媳看起来是没了，孙子在垊谋生，也没回来。老太太一个人守空荡荡的房子，没人照应，早就锁了门，投靠了安海的女儿女婿。城里的泼皮趁机占了他们的房子。房子讨回来后，老太太便托他代管。他也没辜负老太太的信任。三年前，老太太和女儿都相继去世了，房产，他还管着，等它的主人。清明节那天，房客许通彬来告知，有人自称是老太太的侄子许寻，伙同城里的恶霸许应，把他代管的房子卖了一千四百银圆，也不知道有没有契约。

他们怎么会是老太太的侄子呢？可是他们说是，你又怎么证明他们不是呢？翀鹤是个君子，君子怎么压得过小人呢？

那是一群无法无天的泼皮，老太太已经死了，有个孙子又怎么样？谁又能证明她有个孙子呢？有又怎么样呢？他们在老太太活着的时候，已经干了这事，再干一回又能怎样呢？

翀鹤有点郁闷，他得尽快找到礼发，才知道以后该怎么做。受人之托，忠人之事。老太太不在了，她的孙子还在。对恶行听之任之，真令人蒙羞。但是，他是讲规则的人。事主不在，他怎么能够大声说话呢？

想到这些，翀鹤的手想必有些微微发抖，他是不太会喜怒形于色的，顶多脸上掠过一丝乌云，那是他数十年教养的痕迹。但敏感的手指神经，恐怕不会让他轻易掩盖心情的变化。

那应该是一双白净的手，用来写诗文，写书法，做些与他的书卷气般配的事。但现在不得不用来写一些令人不悦的事。

礼发不知为什么没回音，那个有二十七棵树的房子，应该有他的童年、少年时光，有过母慈子孝的日子。那些树每年都会挂满好吃又好看的果子，他难道就不想再尝一尝，好让那甜甜的味道，唤起甘美的乡愁？美好的记忆，眼看就要被恶人随手抹去，更何况，一千四百银圆，也不是一笔小数目。在坭做事，也要积攒好长一段时间吧！

如果礼发不回来，翀鹤还会继续寻找下去吗？

那个一百年前的文人，会把这事一直端着，直到礼发回来吗？

林翀鹤，字佑安，号一朴山人，泉州人。光绪三十年（1904年）与弟弟林骚同登进士。其书法运笔轻快飘逸，善藏锋，不见其出入处，如古屋漏痕，浑然天成。弘一法师说：斯人若居大邑，则书名大振矣。泉州洛阳桥蔡襄祠四块诗碑就是他的手笔。

让他操心这事，也真难为他。

三、最后的商务书

1889年，蔡良瞒心力交瘁。

他在石狮钞坑家里养病已经一年，生理和官司，让他忧思成疾，夜夜不寐，再这样下去，恐将灯枯油尽。还好继室蔡氏悉心照料，常年在外奔波，家庭的温暖，倒是一剂慰心的良药。

家里的空气弥散着浓重的药味，孩子们被交代走路轻手轻脚，病人在床上翻动身体时发出低沉的吱呀声，这一切都不是什么好兆头。

这是蔡良瞒一生中的最后一个夏季了。

蔡良瞒做事一向亲力亲为，这是他多年养成的习惯，一个人没有家世，想过得好一定要用心。但事已至此，只好放下。好在马尼拉公司的伙计，各自尽力，一切如常。

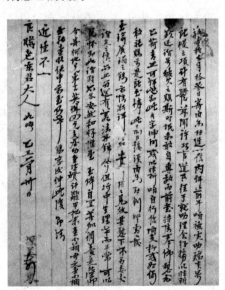

6月30日，马尼拉公司的伙计向他的"东君"（头家）寄来一封信，报告近期经营状况。提到实叻（新加坡）瑞丰号欠公司的一千三百多元，经过协商，对方只同意以二折半归还。这大约是一次艰难的谈判，对方要么存心耍赖，要么也快经营不下去了。伙计们想来已经尽力了，只是这样的结果，有些离谱，公司的人没敢做主，故来信请他定夺。

蔡良瞒一生中，大约没有这样孤独无力过，生命正在一层一层地从他身上剥离，精神困顿，这是他不得不面对的沉甸甸的真相。这时，他还能做什么呢？伙计在信中的无奈，透露出东家的无奈。

6月，闽南的天气已经十分炎热，蝉鸣在耳，金晃晃的日头，也消解不了病人心头的寒意。这生命中的最后一个夏天，怕是要在焦虑中度过了。

蔡良瞒也曾意气风发过啊，他的公司做进出口生理，业务发达，也算是业界翘楚。单单他一个人的股金，就有十几万元。他把土产、糯米、糖、海参配送到上海，又从上海运回金器、面粉。香港那边与他也有贸易往来。一切看起来正在往上走啊。那时，交通不发达，南洋华侨的眼光也不像后来那样远大。在人们还满足于做二盘商的时候，蔡良瞒已经跑到上海、香港考察商务，捷足先登把生理做到那边了。马尼拉、上海、香港，那都是亚洲最繁荣的国际港市，连接全球物流，四方风物汇集，多好的财富和机会，顶尖的商人和冒险家都往那边跑。蔡良瞒成了炙手可热的商界奇才，像陈谦善、蔡德浅、许志巧这样的前辈，早在华社举足轻重，本是蔡良瞒必须仰首才能见到的人，如今都愿意屈尊与他交往，把他看作乡族的骄傲、年轻人的楷模，甚至引为知己，成为莫逆。他是一颗正在升起的星，发出明亮的光，吸引着许多人的眼球。新世界的大门已然为他敞开了啊！很难想象，那个二十六岁才离开乡下的贫家子弟，几个回合，就成为富裕的南洋商人，他目光远大，精神抖擞，好像急着要去拥抱那个世界。

1889年，这一年，他已经疾病缠身，生理上的事，应是看淡了。从前的事，是不是一件件跑了回来？恍恍惚惚的，想到已经去世的父亲、母亲、妻子施氏、哥哥们。

他们家世代务农，生他时，父亲已经六十四岁。父老子幼，并非祥兆。九岁时，那个像祖父一样的父亲果然离他而去，留下寡母，度日如年。两个哥哥出洋谋生，郁郁不得志，和家里的联系，竟然像断了线的风筝。十五六岁时，他已经背负肩挑，走街串巷，像大人一样养家。穷孩子在做这些事也是稀松平常的事。早年的这些磨炼，对他日后发达多有好处啊。

那时，地方上多变故，仗没完没了地打，生计越来越难了，苦好像看不到边。乡里有本事的，一个一个往外跑。听说一个浪荡子，家里穷得叮当响，实在熬不住了，冒险渡海到菲律宾岛，咬牙奋斗了二十年，竟也发迹了。这要在家乡，是做梦都不敢想的。

蔡良瞒也知道困守田园终不是事，但母亲年老孤单，家里又一贫如洗，怎么远游？这一拖，又是几年，等到惘惘南来，都二十五六岁了。一开始，也就做人家帮工，挣口饭钱。但他是贫家的子弟，比别人肯花心思，对商业规则潜心研究，天资又好，人也勤快，不到三四年，便做了经理。三十二岁，有能力了，便回家娶了施家的女儿，这样的年纪，对那时的中国人来说是迟了。

也是老天眷顾，母亲竟然等到含饴弄孙的时候。他的事业也起了个头，恰巧一个族中近亲不幸去世了，那人知道他的能力和为人，死前将商店的事务托给他，免得在马尼拉的多年心血付之东流，也为家人留口饭吃。对蔡良瞒来说，接手商店，这是道义，不能推辞；对未来来说，这是机会，也得抓住。"源美"公司就这样成立了。

但是命运好像喜欢跟他玩笑，日子好好的刚起个头，母亲和施氏忽然一前一后都走了，没有看到他在商界风生水起的那一天。这第一次婚姻好像是上天刻意安排的插曲，只是为了让年迈的母亲快点看到儿子出息了，走时少些遗憾。但短短几年，两个最亲近的人相继离世，真是心痛。三十六岁那年，又娶家乡的蔡氏做继室，蔡氏是个贤惠的人，知道女人该做什么。蔡良瞒没了后顾之忧，事业终于一天天发达起来。这一切，就像在梦中，昨天刚发生的一样。真是世事倥偬，时光如流。想这一路走来，无非孝义二字，为这二字，殚精竭虑，终于乏了。

蔡良瞒平素行事也是低调谨慎的，知道自己在家乡族弱姓小，并不爱抢人风头。那时候，西班牙人还管着马尼拉，他们对华侨实行甲必丹制度。甲必丹制度是殖民地当局管理华人的一种方式，已经延续了三百多年，考虑到华人社会的复杂性，他们让华人选出自己的首领，做华人利益的代言人，与当局交涉相关事宜。甲必丹拥有一定的行政管理权限，并且是当局认可的包税人，获得这个头衔，大约意味着这个人在南洋的生活登上了巅峰。西班牙人想让蔡良瞒去做甲必丹，因为那时候他的事业可圈可点，人品、口碑不错，这个职务算是为他的事业锦上添花。但是，他还是希望远离矛盾，少一些是非烦恼，做一个出色的商人显然更适合他的心性。

但是，是非还是自己找上门来了。

他是个顾家的人，辛苦了大半辈子，在南洋也算出人头地了，离家的人越来越想家了。他想在家乡为自己和家人起个大厝，毕竟年少寒微时，没住上像样的房子，现在，家人多了，越发拥挤了。南洋归客，向来惹人注目，就那样建个房子，竟招来恶吏，敲诈勒索，乱派契税，完全以合法的方式，最终把自己的性命搭在里头。

他是个有心思的人，他的脸也许是谦恭内敛的，但这不一定代表他的心，他曾经比别人跑得更快，这让他对自己有信心。所以，纠缠来临时，他变得不能忍受，尽管孤儿寡母时，曾有许多不堪往事。但他没有像这一次这样觉得必须反戈一击。也许，污吏的恶行触碰了他的底线，让他想到了他从前受够的欺凌，他突然跳起来反击。他的反击说不定把所有人吓了一跳，因为，在家乡几个县，从没有人这么胆大妄为过，哪怕他在南洋多么了不起。

那是他一个人的战争，与商场竞争大不一样，他不再像以前那样得心应手了。

官司就这样一打三四年，他一定是个难对付的对手，较真起来，寸步不让，所有人都不好受，不然怎么会这样冗长呢？但那没完没了的角力，一点一点地消耗着他的生命力。最后，他病倒了，判决结果却遥遥无期。

那些做了恶行的人，怎么会让他如愿呢？如果他如愿了，那他们以后就不如愿了。那是那些人衣食所取啊！那个见识和能耐都异于常人的南洋富商，一开始就碰到一堵厚厚的墙，那堵墙把他的力道化解于无形。他挑战的那几个人，看起来不过是乡间的瘪三，面目猥琐，令人不齿，你以为可以无视他们，但他们有法子让你困顿不堪，直到你低头服气。那是一种社会形态，如蚊蝇一般落在国家躯体之上，这是中国旧时代的社会之痛。

如果知道结果是这样，他还会奋力一搏吗？

家乡，那是他的伤心地啊，可是，他还是得回去，那里有他的家，有他的妻儿，有他的朋友和念想。妻子的温柔能消解他心中的伤痛吗？

蔡良瞒在这一年去世，年仅四十七岁。还有许多事情等着他去做，但现在，什么都做不成了。

我有点迷惑命运对他的态度，半生贫寒，许他一个如花前程，眼见他功成名就，又轻轻取走。

那封信，好像是他的生命拖出的尾音，有些凉淡。

他的悲伤的妻子，决意退出他一手建立的公司，那公司写着他的心血、道义和荣耀。现在，妻子不要了。如有来生，做个平常人多好。十几万股金，被亲族戚友侵蚀后，余下三万多元，还好，仍然不是个小数目。那些钱够他的妻子和孩子们好好生活。其中一个孩子，日后在菲律宾，和他父亲一样成了当地名人。这一点是唯一可以安慰逝者的。

我们不知道，蔡良瞒是不是最终建好了他的房子。在他心怀不甘离开人世以后，他的遗孀是不是带着孩子们在为他们建的大厝里长大，每天早晨，和挂在家里厅堂上的他的画像打个照面。